Sv

MARIA STEPANOVA

der absprung

Roman

Aus dem Russischen von
Olga Radetzkaja

Suhrkamp Verlag

Die Originalausgabe erscheint 2024 unter dem Titel *Fokus* bei Novoe izdatel'stvo, Moskau, im Rahmen des »Projekts 24 – Plattform für Bücher und Filme der neuen Zeit« (mit Common Grounds, Jerewan, Liberty Books, Lissabon, Babel, Tel Aviv, Babel Books, Berlin, und Hyperboreus, Stockholm).

Erste Auflage 2024
Deutsche Erstausgabe
© der deutschsprachigen Ausgabe Suhrkamp Verlag AG, Berlin, 2024
© 2024 Maria Stepanova
Alle Rechte vorbehalten. Wir behalten uns auch
eine Nutzung des Werks für Text und Data Mining
im Sinne von § 44b UrhG vor.
Umschlaggestaltung: Nick Teplov
Umschlagabbildung: mauritius images/Old Books Images/
Alamy/Alamy Stock Photos
Satz: Eberl & Koesel Studio, Kempten
Druck: CPI books GmbH, Leck
Printed in Germany
ISBN 978-3-518-43197-9

www.suhrkamp.de

der absprung

1

Im Sommer 2023 wuchs das Gras weiter, als wäre nichts geschehen: es wuchs, als ginge es gar nicht anders, wie um ein weiteres Mal zu zeigen, dass es an seiner Absicht festhielt, aus der Erde zu sprießen, ganz egal, wie viel auf deren Oberfläche gemordet wurde. Sein Farbton war vielleicht matter als gewöhnlich, und die milchige Unschuld der ersten Tage büßte es gleich wieder ein, aber davon ließ es sich nicht stören. Im Gegenteil, die Wasserknappheit motivierte es, sich noch fester an den Boden zu klammern und in breiten Trieben in die Höhe zu schießen, die vertrockneten, ehe sie ausgewachsen waren.

Im Sommer 2023 wurde der heißeste Tag aufgezeichnet, den der Planet Erde in der Geschichte seiner menschlichen Beobachtung erlebt hatte. Letztere müssen wir uns wohl in Gestalt von Generationen liliputischer Forscher vorstellen, die sich an ihren kolossalen Leib pressten, ihr mittags und abends Fieber maßen, den Schweiß von der Stirn tupften und erfreut vermerkten, welche Körperteile etwas kühler waren. Das alles dokumentierten sie in ihrem Journal, und vermutlich beruhigte sie der Umstand, dass die Schlafende gleichmäßig atmete, dass ihre ungewöhnlichen Hitze- und Kälteschübe mit Phasen einer annähernd normalen Temperatur abwechselten und dass ihre Haare und Nägel in Ordnung waren – soweit das der Fall sein kann bei einer Person, die schon seit sehr langer Zeit reglos daliegt und alles mit sich machen lässt. Nicht auszuschließen, dass sie im Geist längst in einen anderen Zustand übergegangen ist, in dem unsereins sie weder beunruhigt noch erzürnt – dass sie sich beispielsweise für einen Stern hält, ganz von Feuer durchdrungen, im allmählichen Verglühen. Oder für eine Falte im Stoff, die weder Gestalt noch Grenzen hat und darum von umfassender Gleichgültigkeit ist, wie ein Theatervorhang im Dunkeln. Oder vielleicht – nichts ist unmöglich – amüsiert sie der Gedanke, dass wir nichts Neues von ihr erwarten, sondern fest auf unsere tägliche Portion Milch und Honig zählen, wie Kinder, die morgens in die Küche kommen und schon wissen, was es zum Frühstück gibt. Da sitzen sie und gähnen und warten, dass ihre Mutter die weißen Schüsseln mit Joghurt und Cornflakes vor sie hinstellt: aber was, wenn man die Schüsseln zur Abwechslung mit Skorpionen, Schmeißfliegen, wimmelnden Maden füllt? Was, wenn man die Heizkörper aufdreht, so dass keiner mehr Luft kriegt in der Küche, und von draußen einen Froschregen gegen die Fensterscheiben klatschen lässt und zur Jagd auf die Erstgeborenen bläst? Mit solchen Spielen kann man sich lange amüsieren, und als Einstieg empfehlen sich kleine Veränderungen, vor der Zeit verdorrtes Gras, Züge, die plötzlich verlernen, sich an den Fahrplan zu halten, und sich um viele Stunden verspäten oder erst übertrieben schnell fahren, dann auf freiem Feld stehen bleiben und warten, bis sie ihr Ziel erreichen dürfen.

Just in so einem Zug saß an jenem Tag eine Schriftstellerin namens M., die schon damit rechnete, ihr Ziel nicht pünktlich zu erreichen. Die gelblichen Felder draußen, das Gepäcknetz am Vordersitz, in dem irgendwer eine leere Coladose deponiert hatte, der Mitreisende auf dem Platz neben ihr – all das waren folglich Vorboten der unvermeidlichen Verspätung. Die Züge benahmen sich neuerdings, als wären sie lebendige Wesen und bedürften keiner Betreuung, und man konnte nur auf ihren guten Willen hoffen, der sich von dem der Menschen vage unterschied. Gleichzeitig gab es plötzlich auch viel weniger Schaffner, so dass man ziemlich weit fahren konnte, ohne je eine Fahrkarte vorzuzeigen, als hätte daran niemand mehr ein Interesse.

Die Schriftstellerin M., die aus einem Land in ein anderes fuhr, ging trotz alldem selbstgewiss davon aus, dass wenn nicht der eine, dann der andere Zug sie an Ort und Stelle bringen würde. Sie war nicht nur im Besitz einer Fahrkarte, sondern auch einer vorsorglich getätigten Platzreservierung und eines vegetarischen Sandwichs, das sie am Bahnhof gekauft hatte, bei dem richtigen Imbiss, wo das Brot frisch und der Kaffee stark war. Um sich eine Gewohnheit zuzulegen, so hatte sie irgendwo einmal gehört, reiche es aus, ein und dieselbe Sache zwölf Mal zu tun: Man setzt sich zum Beispiel abends nach der Arbeit in ein Café mit Blick auf den Fluss und trinkt ein Glas Weißwein, und ohne dass man etwas dafür tut, taucht beim dreizehnten Mal die Gewohnheit an die Oberfläche wie eine Seehundschnauze aus dem Wasser, und schon ist man ein anderer, neuer Mensch: einer, der jeden Tag hier sitzt, ohne zu wissen warum, und darauf wartet, dass sich mit dem nächsten Schluck Wein auch Worte im Mund einfinden, die für sein neues Leben taugen.

Immerhin, dachte M. manchmal, soll der menschliche Körper ja die Gewohnheit haben, im Lauf von sieben Jahren alle seine Zellen gegen neue auszuwechseln, so dass man am Ende dieser Frist unversehens als anderer Mensch aufwacht und sich nur aus Gedankenlosigkeit noch für dasselbe vertraute, berechenbare Wesen hält. Andererseits, dachte sie weiter, während sie sich von ihrem Sitznachbarn mit seiner ausgebreiteten Zeitung abwandte und gereizt aus dem Fenster sah – kann man dieses Verhalten des Körpers überhaupt als Gewohnheit bezeichnen, wenn er in den meisten Fällen gar nicht genug Zeit hat, seine Ersatzteile zwölf Mal zu wechseln? Beim dreizehnten Mal, überschlug M., wäre man schon über neunzig – ein seltener Glücksfall für einen menschlichen Organismus und außerdem ein Alter, in dem der Mensch ohnehin bald zu etwas anderem wird, zu einer Handvoll Asche in einem genormten Behälter oder zu einer Kiste, deren Inhalt man sich ungern vorstellt.

Am Hauptbahnhof war sie dagegen bestimmt schon zwölf oder auch vierzehn Mal gewesen. Ihr Wunsch, sich hinter andere morgendliche Reisende in eine Schlange zu stellen, um einen Kaffee und eine Papiertüte mit etwas Warmem, Essbaren zu kaufen, und zwar genau an diesem Imbissstand und nicht an dem daneben, war daher nicht mehr als Laune, sondern schon als Gewohnheit zu betrachten, und sie selbst als eine Frau, die weiß, was sie will – die mit sicherer Hand ihren Kaffeebecher in die Pappmanschette steckt, um sich nicht die Finger zu verbrennen, und ihn mit einem Deckel der richtigen Größe schließt. Für die Schriftstellerin M., die noch nicht so lange in dieser Stadt wohnte, waren präzise Bewegungen und genaue Kenntnis des vor ihr liegenden Wegs (er führte hinab, unter die Erde – zu Gleis 5, wenn es nach Norden, zu Gleis 1, wenn es nach Süden ging) jetzt besonders wichtig, sie vermittelten eine Art Gewissheit, dass es einen Platz für sie gab, sowohl in dem Zug, auf den sie wartete, als auch in dem neuen Leben, in dem sie sich noch nicht recht auskannte.

Danach zu urteilen, wie oft sie schon irgendwohin fuhr, um in einer anderen Stadt oder einem anderen Land ihrer Schriftstellerinnenarbeit nachzugehen, und dann wieder zurückkehrte, neben sich ihren leichten Koffer, den sie mit geübtem Griff von der Ablage hob, hatte sie zweifellos einen Platz in diesem

Leben – sogar viele Plätze, und an jedem wollten Menschen etwas zu den Büchern erfahren, die sie irgendwann geschrieben hatte, und sie anschließend mit deutlich größerem Interesse nach dem Land befragen, aus dem sie kam. Dieses Land führte derzeit Krieg gegen ein anderes, benachbartes Land, es tötete dessen Bewohner mit Schusswaffen, mit Feuer vom Himmel und mit bloßen Händen, und es konnte und konnte weder siegen noch sich damit abfinden, dass das andere Land sich nicht fressen ließ. Manchmal, ziemlich oft, fand es daneben Zeit, auch die eigenen Bewohner zu töten; es hielt sie anscheinend für wildgewordene Organe seines eigenen Körpers, die ihm gefährlich waren, da sie es vom Jagen und Fressen ablenkten. Die Stadt im Ausland, wo M. jetzt wohnte, war voll mit Menschen, die aus beiden Ländern geflohen waren, und diejenigen, über die M.s Landsleute hergefallen waren, blickten mit Schrecken und Argwohn auf die einstigen Nachbarn, als hätte deren Leben vor dem Krieg, wie auch immer es ausgesehen hatte, keinerlei Bedeutung mehr, als diente es nur zur Tarnung ihrer Verwandtschaft mit diesem Untier, das immer weiter fraß.

Viele der Ortsansässigen wollten natürlich gern mehr über das Untier erfahren, nicht nur um sich selbst vor seinem abscheulichen Schlund zu schützen, sondern auch weil große Raubtiere immer interessant sind für Pflanzenfresser wie uns, die sich nur mit Mühe begreiflich machen, wo Gewalt eigentlich herkommt und wie sie funktioniert. Ihre Fragen nach den Gewohnheiten des Tiers klangen angestrengt mitfühlend, so als wäre auch die Schriftstellerin M. schon angebissen, ja stellenweise abgenagt und läge nur durch einen Zufall noch halbwegs vollständig irgendwo im Gras. Manche wollten wissen, wie es kam, dass das Tier noch immer nicht erlegt war oder dass es sich in seiner unermesslichen Gier noch nicht selbst aufgefressen hatte, und sie ließen durchblicken, dass M. und ihre Bekannten dort, wo sie herkam, beizeiten hätten Maßnahmen ergreifen müssen, lange bevor es so groß wurde und anfing, wahllos Menschen zu fressen.

M. stimmte ihnen völlig zu, hatte aber Schwierigkeiten zu erklären, dass die Jagd auf und der Kampf gegen das Tier durch dessen Natur stark erschwert wurden. Die Sache ist, dass das Tier weder vor mir noch hinter mir war, hätte sie zum Beispiel sagen können, es war immer um mich herum – und ich habe Jahre gebraucht, um zu erkennen, dass ich in ihm lebe und vielleicht sogar schon in ihm geboren wurde. Erinnern Sie sich an das Märchen, fuhr sie in Gedanken fort, in dem ein alter Mann und ein Holzknabe mit einem kleinen Talglicht im Inneren eines Meeresungetüms sitzen? Gut möglich, dass die beiden dem Tier ein gewisses Unbehagen bereiten könnten, indem sie zum Beispiel auf der Stelle springen oder sogar Feuer machen. Aber bei so ungleichen Größenverhältnissen hast du keine Chance, dem Tier einen substanziellen Schaden zuzufügen, geschweige denn, mit ihm fertigzuwerden. Du kannst nur darauf hoffen, dass ihm eines Tages schlecht wird und du, ohne zu wissen wie, plötzlich draußen bist und zum ersten Mal deutlich siehst, dass das Zimmer, in dem du so viele Jahre verbracht hast, in Wirklichkeit ein Bauch war. Ich selber war also Teil des Tiers, wenn auch nur ein zufällig verschluckter oder irrtümlich gewachsener – und mir ist völlig klar, dass das meine Wahrnehmung beeinträchtigt und meine Geschichte wenig vertrauenerweckend macht. Aber wenn nötig, gebe ich gerne Auskunft über die Inneneinrichtung des Wesens, aus dem ich vor kurzem an Land gegangen bin.

2

Dort, wo M. jetzt wohnte, gab es reichlich wilde Tiere (ach, allein all die Vögel! die Reiher zum Beispiel, die tief überm See flogen, so dass man genau studieren konnte, wie vollkommen sie gebaut waren) und ebenso reichlich Menschen, die sich anscheinend keinen Begriff davon machten, was von wilden Tieren zu erwarten war. Einmal, als ein hiesiger Fuchs einen hiesigen Schwan gerissen hatte, direkt vor den Augen einiger Kinder, die auf der Wiese am Ufer spielten, war bei Tisch von seiner Skrupellosigkeit die Rede, und jemand fand, so ein Verhalten könne man nicht dulden, man müsse etwas tun. Auf welche Weise man den Fuchs von der ihm eigenen Bestialität abbringen sollte, wusste M. nicht und beteiligte sich daher lieber nicht an dem Gespräch: Sie fürchtete, sich allzu vertraut mit den Sitten derer zu zeigen, die ihre Beute lebendig fressen und sich nicht darum scheren, wer ihnen dabei zusieht.

Andererseits gab es hier auch Leute, die wussten, was die Stunde geschlagen hatte, und auf der Hut waren. Einmal, als M. auf einer mit Sträuchern getarnten Bank eine schuldbewusste Zigarette rauchte, kroch aus dem Busch neben ihr eine kleine, weißhaarige Frau hervor und verlangte eine Erklärung, was M. hier tat. Sie sah aus wie eine Amtsperson, wenn auch etwas ramponiert, und trug eine knappsitzende Uniform, eine Art Nylonoverall mit Schulterklappen; tatsächlich zückte sie sofort einen in Folie eingeschweißten, von der ortstypischen Feuchtigkeit schon leicht verschwommenen Dienstausweis. M. hatte außer ihrer Zigarette nichts vorzuweisen, aber etwas an ihrer Erscheinung wirkte offenbar vertrauenswürdig, und die Dame in Uniform erkannte in ihr die mögliche Verbündete. Wie sich herausstellte, war sie für den Schutz der Schwäne zuständig, die in dieser Gegend von See zu See schwammen, ihre Küken großzogen und die Spaziergänger mit ihrer titanischen Größe und Weiße beeindruckten, und in dem Busch saß sie nicht zum Spaß, sondern auf Posten. Ihren Worten nach war sie keine Einzelgängerin, sondern Teil einer ehrfurchtgebietenden Macht, der Schwanenwacht, welche rund um die Uhr die Gewässer hütete: In Uniformen wie dieser lägen Freiwillige und Aktivisten schlaflos auf der Lauer, immer in Erwartung eines Anschlags auf das Wohl der Riesenvögel. Vierzig Mann sei ihre Truppe stark, erklärte sie und streckte die Brust heraus, auf der in einer durchsichtigen Plastikhülle ein paar schmutzig graue Schwanenfedern zu besichtigen waren.

Etwas an ihrem Äußeren ließ vermuten, dass Jay Jay – so wollte die Dame genannt werden – in Wirklichkeit gar keine Mitstreiter hatte, sondern die Seen notgedrungen allein bewachte, obwohl sie immer wieder beteuerte, ihre Kollegen kämen ihr im Fall des Falles jederzeit zu Hilfe. Die Füchse erledige sie problemlos: Mit Hundefutter brauche man ihnen nicht zu kommen, zu Katzenfutter dagegen sagten sie nicht nein, am allerliebsten aber hätten sie hartgekochte Eier. Menschen, das ist schon was anderes, sagte sie und warf M. einen wissenden Blick zu. Menschen stehlen Eier aus den Nestern, wozu auch immer – irgendwelche dunklen Rituale vielleicht. Menschen ist alles zuzutrauen, beharrte sie grimmig. Vor einem Monat zum Beispiel haben wir hier im Wald zwei Kleine gefunden – *babies*, übersetzte sie –, beide mit zahlreichen Stichwunden im Bauch. O Gott, stöhnte M., und was haben Sie getan, die Polizei gerufen? Nein, sagte die Dame betrübt, sie waren schon ganz tot, wir mussten sie vergraben. Zwei herrliche Exemplare, frisch gemausert.

M. traf danach noch mehrfach auf Jay Jay, die ihre Kreise um den See zog, mal mit dem Fahrrad, mal zu Fuß, in einer Neonweste über der Uniform, und sie hätte ihr gern berichtet, dass sie vor kurzem einen blaugrünen Eisvogel gesichtet hatte, aber Jay Jay war plötzlich überraschend streng mit ihr, als hätte sie etwas Neues über die Menschheit oder gar über M. selbst in Erfahrung gebracht.

Fernzüge sind seit jeher Orte, wo ein Menschenwesen oft ungewohnt nah an ein anderes heranrückt, wenn auch nicht so beklemmend dicht wie auf dem Bahnsteig oder in der U-Bahn. Doch während man dort im Gedränge steht, weiß man erstens, dass das gleich vorbei ist, und zweitens teilt man den Raum nicht mit einer bestimmten Person, sondern mit einer vielköpfigen Ansammlung von seinesgleichen; man muss sich geradezu anstrengen, um in der Menge jemand Bestimmten zu fixieren, erst recht um ihn länger als eine Sekunde im Auge und im Kopf zu behalten. Wer das nicht will, gleitet einfach über sie hinweg, mit jenem diffusen Blick, der ausschließlich Entfernungen und Positionswechsel registriert: wie viel Millimeter Luft zwischen mir und der Schulter eines anderen liegen, wie sie durch Bewegung verdrängt werden, wie die Menschenmasse zu den Türen gravitiert, kurz bevor der nächste Halt geboren wird.

Nicht so im Zug, wo von vornherein klar ist, dass man womöglich lange Stunden Seite an Seite mit einem Mitmenschen verbringen wird. Im Glücksfall allerdings ist der Wagen leer und der Nebensitz frei, man kann selbstsicher Jacke und Tasche darauf ablegen und sich fortan so geschützt fühlen wie hinter einem Vorhang, hinter den niemand außer dem Schaffner einen Blick werfen darf. In diesem Unterschlupf kann man sich ungeniert ausbreiten: Du gehst keinen etwas an, iss dein Avocado-Gurken-Sandwich, trink dein Wasser und lies dabei ein Buch, oder streck die Beine aus und schlaf, oder lass einen zerstreuten, wohlwollenden Blick über die Mitreisenden wandern, als wärst du unter einer Tarnkapuze versteckt und dürftest nach Herzenslust gaffen.

In einem französischen Roman, den M. einst sehr gemocht hatte, ging es just um eine solche Kapuze. M. las ihn mit Anfang dreißig, die Protagonistin war um die fünfzig, und allein das hatte etwas Beruhigendes, wie ein Kleid zum Hineinwachsen: Auch mit fünfzig würde sie ihr Leben also noch bis zur Unkenntlichkeit verändern können, es neu zuschneiden auf eine Weise, die sie sich niemals zugetraut hätte. In dem Roman stand die Heldin eines Tages zufällig am Zaun eines Vorstadthauses und sah, wie ihr Mann unter einer Laterne eine andere Frau küsste, die offenbar jünger und, wie man so sagt, begehrenswerter war. Weiter geschah Folgendes: Die Heldin wartet, bis ihr Mann zu einer Geschäftsreise aufbricht, und in den wenigen Tagen seiner Abwesenheit verkauft sie ihr Elternhaus, in dem sie beide wohnen, sie verkauft die Möbel und die zwei Bechstein-Flügel, verschenkt Kleider und Bücher, packt die Rasierer und Hemden ihres Mannes in Kisten und schickt sie an sein Büro – und verschwindet auf Nimmerwiedersehen. Sie benutzt keine Bankkarten, wirft ihr Telefon weg, so dass man sie nicht mehr orten kann, steigt von einem Bus in den nächsten und fährt auf verschlungenen Wegen ins Blaue. In jeder neuen Stadt entledigt sie sich ihrer Kleider, wechselt die Haarfarbe oder Kopfbedeckung, fährt weiter und weiter. Die einzige Festlegung besteht darin, dass sie Europa nicht verlassen kann, weil sie sonst an der Grenze ihren Pass zeigen müsste. Sie sieht die Seen des Nordens, dann die Inseln des Mittelmeers. Allmählich gewöhnt sie sich an ein neues Gefühl von Sicherheit, für das sie kein Haus und keine Wohnung mehr braucht, ja nicht einmal ein Dach überm Kopf. Als Unterschlupf genügt ihr jetzt schon ein Felsspalt, der Zuflucht vor dem Regen bietet. Oder eine Kapuze, die sich tief ins Gesicht ziehen lässt. Oder ihre Augenlider, die sie jederzeit schließen kann, um nichts mehr zu sehen.

Als M.s eigenes Leben sich geändert hatte – ohne ihr Zutun oder auch nur Einverständnis –, war sie gleichfalls um die fünfzig gewesen, und seither wartete sie auf den Moment, in dem es genügen würde, die Augen zu schließen, um sich zu Hause zu fühlen. Die Sache war offenbar komplizierter als in dem Buch, auf die Kapuze war kein Verlass, und im Zug hatte sie einen Sitznachbarn, der angesichts ihrer Nähe dieselbe verhaltene Peinlichkeit empfand wie sie selbst – in solchen Fällen fängt man entweder ein rasch wieder versiegendes freundliches Gespräch an oder tut gleich so, als wäre man durch eine unsichtbare Barriere getrennt, hinter der der andere weder zu sehen noch zu hören ist, und schaut wie gebannt aus dem Fenster. Verzehren lässt sich ein vegetarisches Sandwich auch in dieser Lage, aber genießen lässt es sich nicht, denn das Papier raschelt, die Krümel rieseln nur so auf den Schoß, und das Ganze ist eine einzige Attacke auf das Schweigen und die Distanz des anderen.

Der Sitznachbar der Schriftstellerin M. steckte trotz der Hitze in einem grauen Anzug, der besser zu einem klimatisierten Büroraum gepasst hätte; man sah, dass der Anzug ihm zu eng war und dass er noch eine lange Strecke vor sich hatte. Ohne den Blick vom Fenster abzuwenden – draußen drehten sich Windräder auf fahlen Hügeln, Pferde auf Koppeln betrachteten eingehend den Boden, und in der Ferne erstreckten sich weitere Felder und landwirtschaftliche Betriebe –, versuchte M. zu erraten, was der Mann beruflich machte. Aus irgendeinem Grund hielt sie ihn für einen Versicherungsvertreter oder Klimaanlagenverkäufer, der wie sie von Stadt zu Stadt fuhr, auf Reisen, die schon lang keine mehr waren. Der beste Moment des Tages wäre der, in dem er das Hotelzimmer betrat, sein Jackett auf einen Plastikbügel hängte, sich, ohne die Hose auszuziehen, rücklings auf das gemachte Bett fallen ließ, kurz an die Decke starrte und dann die Augen schloss. Später würde er doch noch einmal aufstehen müssen, um seine Hose über die Stuhllehne zu hängen, damit sie am nächsten Morgen nicht verknittert war, vielleicht ging er auch nach unten und bestellte in der Hotelbar ein Bier, rief noch zu Hause an, löschte früh das Licht.

M.s jetziges Leben glich in vielem dem ihres Mitreisenden, mit dem Unterschied allerdings, dass sie bei der Ankunft im Hotel jeweils als Erstes ihren Koffer auspackte, ein Kleidungsstück nach dem anderen herausnahm und ausschüttelte, ehe sie es in den Schrank hängte, und ihre Bücher in einem Stapel auf dem Schreibtisch ablegte, als hätte sie vor, sich hier dauerhaft einzurichten und den Tisch auch als solchen zu benutzen. Es war ein Jahr her, dass sie diese Regel eingeführt hatte, und sie war seither dabeigeblieben, auch wenn nur eine kurze Hotelnacht vor ihr lag; worin der Sinn dieser peniblen Simulation einer Ordnung bestand, die in ihrem Kopf nicht einmal ansatzweise herrschte, hatte sie vergessen. Aus einer Reihe von Gründen schmeckte ihr Leben neuerdings immerzu salzig, und man musste es mit Rosinen spicken, um es genießbar zu machen: Identische, unverändert wiederholte Abläufe waren eine dieser Rosinen, eine andere war der zusätzliche Programmpunkt, mit dem sie sich bei jeder Reise zu belohnen begonnen hatte – der Besuch eines botanischen Gartens mit rosa Sträuchern und einem Beet voll Eisenhut zum Beispiel, oder wenigstens ein später Check-out und ein bis zum Mittag verlängertes Ausschlafen im Hotelbett.

Hätte man der Schriftstellerin M. erlaubt, mit einer früheren, sagen wir: fünfzehn Jahre zurückliegenden Version ihrer selbst zu sprechen, wäre es ihr schwergefallen, sich zu rechtfertigen. Die junge M. hätte ständig wechselnde Städte, hätte ein Leben in einem anderen Land nicht nur als grandiose Möglichkeit betrachtet, neue Eindrücke zu sammeln, sondern auch als willkommene Selbsterziehungsmaßnahme. Sie hatte keine hohe Meinung von sich, aber sie räumte dem formlosen Material, das sie war, gewisse Entwicklungschancen ein, und wenn es etwas gab, das sie an ihrer eigenen Disposition ärgerte, dann war es nicht der fehlende Schliff und die Schroffheit und Unsicherheit ihrer Worte und Gesten, sondern ihre Langsamkeit. Unerträglich langsam wurde sie älter und besser; auch mit dreißig oder vierzig Jahren machte sie noch Entwicklungsschübe durch, als wäre sie gerade einmal drei, und in ihrer Arbeit war sie längst nicht an einem Punkt, an dem sie fand, dass sie ihr Potential voll nutzte. Unter ihrer Arbeit verstand sie weniger ihre schriftstellerischen Aktivitäten (die waren eher so etwas wie die Kerben im Türstock, mit denen man das Wachstum eines Kindes dokumentiert) als vielmehr das Denken, Verstehen und Schlussfolgern – Fähigkeiten, von denen sie hoffte, dass sie im Lauf der Jahre zunahmen, so dass in absehbarer Zeit wohl etwas Vernünftiges aus ihr werden könnte – und das Reisen mit offenen Augen und Ohren würde dabei nur helfen.

Doch in den letzten ungefähr anderthalb Jahren hatte M.

scheinbar vollends aufgehört zu wachsen, wie manchmal ein Fötus im nichtsahnenden Mutterleib nicht weiterwächst, und zugleich hatte sie jeden Glauben an die Sinnhaftigkeit ihrer eigenen Urteile verloren: Sie waren zusammengeschnurrt auf die Kürze des Gummibands, an dem ein hektisches Spielzeugäffchen hin und her hüpft, und beschränkten sich zunehmend auf einfache Feststellungen wie die, dass das Wasser kalt und der Tee heiß war – und selbst die ließen sich nur zu leicht widerlegen. Das Wichtigste war, dafür zu sorgen, dass diese kurzen Gedanken sich nicht überschnitten, denn sonst flogen Funken, und in ihr wurde es kurz Nacht, wie in der Schule beim Teilen durch null.

Das betraf unter anderem auch das Untier und den Krieg, der seinetwegen ausgebrochen war. Es hatte eine Zeit gegeben, in der M. ihr Leben noch in der Hand hatte oder zu haben glaubte, und damals war es ihr ausnehmend wichtig gewesen, zu verstehen, wie das Untier tickte. Sie verfügte über eine gewisse Menge an einschlägigen Erkenntnissen und Beobachtungen, und auf dieser Basis versuchte sie seine Gewohnheiten und möglichen Absichten zu analysieren, während das Tier sozusagen parallel zu ihr größer wurde; sie kam mit dem Beschreiben kaum hinterher. In M.s Augen war dies zwar nicht ihre Hauptbeschäftigung – damals interessierten sie ganz andere Dinge, vor allem die Geschichten anderer Leute, die sie wie Briefmarken sammelte und in der einzig richtigen Form auf dem Papier anzuordnen versuchte. Zwar hatte ein Großteil dieser Geschichten schon unmittelbar mit dem Tier zu tun, doch damals glaubte sie, all das läge in der Vergangenheit, und in unserer aufgeklärten Zeit würde niemandem mehr einfach so der Kopf abgerissen, oder jedenfalls nur äußerst selten. M. erinnerte sich an eine Geschichte, die sie einmal auf einer Party gehört hatte: Eine junge Frau hatte geträumt, ihre Familie würde sie dem Tier zum Fraß überlassen – alle waren furchtbar traurig, die Mutter riet ihr, so lange auf es einzureden, bis es schlief, zumindest in der ersten Nacht würde das bestimmt funktionieren. Das Seltsamste, sagte die Träumerin, war aber, dass mir, als ich abgeholt und zum Ausgang geführt wurde, plötzlich klar wurde, dass genau darin der ganze Sinn, der geheime Plan meines Lebens liegt, wenn man es nackt und ungeschminkt, ohne Hochschulabschluss und Tinderprofil betrachtet: Ich bin geboren, um gefressen zu werden – wie ein Batteriehuhn, das im Käfig schlüpft, auf seiner Scheiße lebt und die Welt gekühlt, gerupft und in Folie verpackt wieder verlässt. Wahrscheinlich habe ich mich deshalb nicht gewehrt – was für einen Sinn hat es, gegen die eigene Bestimmung zu kämpfen?

Die M. von heute, die sich in ihrem Zug der Stadt H. näherte, wo sie in einen weiteren Zug umsteigen sollte, dachte mit merklichem Unbehagen an diese Episode zurück. Bis vor kurzem war sie noch sicher gewesen – so sicher, wie man das Treppengeländer unter der Hand spürt, bis man plötzlich die Stufen hinuntersegelt –, mit kindlicher Hoffnung hatte sie daran geglaubt, dass das Universum irgendwie für ihre Entwicklung und Erziehung sorgte. Es ging zwar langsam, mit Verspätungen und verpassten Anschlüssen, aber ganz allmählich bewegte sie sich auf die Erfüllung einer Art Aufgabe zu, auch wenn diese nur in sinnloser Selbstoptimierung bestand. Heute kam es ihr plötzlich vor, als erinnerte auch dieses langwierige Päppeln und Großziehen an eine Geflügelfarm oder einen Hühnerstall, in dem der einzelne Vogel liebevoll bearbeitet wird, bis er das nötige Gewicht erreicht hat. Sie war gewohnt, sich als *work in progress* zu betrachten, als nicht mehr taufrische Gymnasiastin in Erwartung ihres Abschlussballs oder einer guten Partie, aber der Gedanke, dass das Ganze mit dem Zerlegen und Verpacken des Schlachtguts enden würde, lag wesentlich näher. Was änderte es schon, ob man nun genau von dem Tier ins Finale geschickt wurde, das man aus dem Hinterhalt beobachtet hatte, oder von einem anderen, bedeutend größeren: Das Endergebnis stand ihr deutlich vor Augen, und alles, was sie wollte, war sich totstellen und lange so sitzen bleiben, ohne jede Bewegung.

3

Eine ziemlich große Rosine, die M. auf dieser Reise erwartete, war die Fahrt selbst: Von H. aus würde ein anderer Zug sie in ein anderes, friedliches Land bringen, und die Strecke war nicht kurz: etwa sechs stille Stunden im Waggon. In solchen Zeiträumen war man wie nicht auf der Welt, niemand durfte einen am imaginären Kragen packen und zur Rede stellen. Wer unterwegs war, wurde aus irgendeinem Grund – und zum Glück! – so behandelt, als sei er in eine hochkonzentrierte Arbeit vertieft: An einem Reisetag erwartet niemand, dass man Anrufe oder Briefe beantwortet, du sitzt wie in einer opaken Kapsel mit einem »Bitte-nicht-stören«-Schild und darfst dich allein der Fortbewegung widmen.

    M. hatte vor, sich dieser Tarnkappe zu bedienen; ob es gelingen würde, wusste sie noch nicht. Eine Schriftstellerin war sie nur noch dem Namen nach, denn sie schrieb nichts und hatte auch nicht die Absicht. Genauer gesagt war sie nur ab und zu Schriftstellerin, meist am Ziel irgendeiner Reise, wo sich Leser – nicht zwangsläufig *ihre* Leser – versammelt hatten, um sie zu sehen und mit ihr zu sprechen. In dem Land, wo M. jetzt wohnte, hatten solche Zusammenkünfte Tradition. Während dort, wo sie herkam, zu Literaturabenden vor allem diejenigen kamen, die die Texte schon kannten, war eine Autorenlesung hier eine Art Brautschau: Die Leute kamen quasi blind, getrieben von der seltsamen Hoffnung, dass die Person an dem niedrigen Tisch mit den zwei Wasserflaschen irgendwie ihre Liebe wecken würde, dass sie etwas sagen oder tun würde, was ihnen Lust machte, auf der Stelle ihr Buch zu kaufen, um auf diese Weise in ein anderes, unmittelbares Gespräch mit ihren Worten einzutreten. M. gefiel es, wie diese wildfremden Frauen und Männer gemeinsam herauszufinden suchten, worüber jemand schrieb und wozu, und dass sie den Glauben nicht aufgaben, dabei etwas Neues und Lebenswichtiges erfahren zu können. Es gefiel ihr nicht nur, es rührte sie unsagbar, und in solchen Momenten war sie bereit, wieder eine Schriftstellerin zu sein, obwohl sie in Wahrheit nur Anekdoten erzählte oder laut nachdachte und man dafür eigentlich eine andere Bezeichnung hätte finden müssen.

Auch heute hatte sie nicht vor, etwas zu schreiben in den geschenkten sechs Stunden Alleinsein, auf dem freundlicherweise für sie reservierten Einzelplatz ganz am Ende des Waggons. Nicht dass sie nichts zu tun gehabt hätte, eher im Gegenteil: Es gab zu viele unerfüllte Verpflichtungen, und jede einzelne klemmt fest, wie eine Wäscheklammer im Kopf – wie sollte man da entscheiden, was als Erstes dran war? Trotzdem hatte sie natürlich einen Plan, dem sie sich widmen wollte, wenn sie erst umgestiegen war und die Landschaft wieder vorm Fenster flimmerte.

In dem Haus am See, wo sie jetzt wohnte und wohin sie demnächst zurückfahren würde, hörte man, wenn man im Sommer gegen Abend auf den Balkon trat, oft am anderen Ufer Trompeten einsetzen, als läge dort ein Militärstützpunkt oder ein Stadtpark mit Blasorchester. Sie spielten nie ein ganzes Stück, immer nur eine quälende erste Phrase, die mehrmals wiederholt, aber nicht fortgesetzt wurde. In dem Land, wo sie geboren war und das damals anders hieß, war sie als Kind ein paar Mal im Pionierlager gewesen; sie erinnerte sich gut an diese Art Klänge, die als Weckruf oder Signal zum Antreten dienten. Was folgte, hatte die Verheißung dieser langen, hohen Töne, die so gebieterisch zum Handeln und Mitmachen aufforderten, nie erfüllt. Hier, in der fremden Stadt, klang die Musik noch sonorer, doch an wen sie sich richtete, war unklar – galt sie anderen Menschen, die wussten, was sie bedeutete und welche Freuden sie versprach, oder indirekt doch auch M. selbst, so beschämend und ausweglos ihre Lage aktuell auch war? In letzter Zeit wiederholte sich das fast jeden Abend und brachte sie auf den immergleichen, unruhigen Gedanken, sie müsste etwas tun, etwas erledigen, ehe es zu spät war.

Ihr Plan war denkbar simpel, er erforderte weder große Vorbereitungen noch viel Zeit, und doch wurde sie an dem Ort, den sie neuerdings ihr Zuhause nannte, partout nicht mit ihm fertig. Ihre Angelegenheiten, praktische wie psychische, waren mittlerweile in einem Zustand, in dem M. sich um keine davon kümmern konnte, ohne erst alle anderen in eine minimale Ordnung zu bringen. Es ging nicht nur darum, sich sämtliche ausstehenden Aufträge und Verbindlichkeiten in Erinnerung zu rufen und sie im Kopf in die richtige Reihenfolge zu bringen. M. hoffte, irgendwann im Lauf dieser Arbeit, oder spätestens am Ende, wenn die innere Tabelle fertig ausgefüllt und formatiert wäre, brächte sie ihr auch Klarheit einer anderen Größenordnung (eines anderen Kalibers, hätte sie gesagt, wenn sie bei Militärmetaphern nicht sofort an das Untier hätte denken müssen und daran, wen es in diesem Moment wohl gerade vertilgte): Sie wollte herausfinden, was sie jetzt war und was sie aus sich machen könnte – in was sie sich, wenn man so will, verwandeln sollte, denn ihr früheres Selbst konnte sie nicht mehr sein.

Von den Aufgaben, die sie sich in diesem neuen Leben stellte, schaffte M. – die eigentlich ein pflichtbewusster, zuverlässiger Mensch war – keine, nicht einmal die bescheidenste, anspruchsloseste. Nicht weil sie vergessen hatte, wie man Post beantwortet oder Texte schreibt, die man irgendwem versprochen hat; sie wusste durchaus noch, wie das ging, rundum unfähig war sie nicht. Nur musste sie, um etwas von der endlosen Liste ihrer Verpflichtungen in Angriff zu nehmen und zu Ende zu bringen, im Kopf erst zwei tonnenschwere tektonische Platten nebeneinanderhalten und so weit zusammenschieben, bis es Klick machte und sie endlich begriff, auf welchem Boden sie stand. Doch genau das gelang ihr nicht, die Teile fügten sich nicht zusammen, und am Ende dieser langen und eintönigen Gedankengänge landete M. nur immer wieder bei der trostlosen Erkenntnis, dass die Person, die ihre Arbeit hätte machen können, nicht existierte.

Eine Konstante gab es immerhin in ihrem neuen Leben: Sobald sie im Kopf nach Worten zu suchen begann, spürte sie im Mund eine halbtote Maus, die sich beim besten Willen nicht ausspucken ließ – sie zappelte zwischen den Zähnen, und M. konnte nur entweder die Kiefer aufeinanderpressen und sie krachend mittendurch beißen oder die Maus im Mund behalten und an nichts anderes als sie denken. Und so war die Schriftstellerin M. am Ende zu gar nichts Nützlichem mehr imstande; auch wenn sie sich mit jemandem unterhielt, musste sie gleichzeitig, die Hände in die Sessellehnen gekrallt, das stumme Quieken der Maus übertönen und gegen die aufsteigende Übelkeit ankämpfen. Ihre einzige Beschäftigung war die Lektüre von Frontberichten und Nachrichten, die von Tag zu Tag schlimmer wurden, es gab immer mehr Tote und Ausgebombte, Kinder und Hunde, die in Luftschutzräumen auf fremden Mänteln und Jacken saßen, zwischen Müll und Trümmern standen ausgebrannte Häuser und alte Frauen, die nicht mehr wussten, wohin, nur M. saß immer noch da wie zuvor.

In dem Haus am See redete sie sich oft stundenlang zu, endlich an die Arbeit zu gehen, doch dann kam jedes Mal, zu ihrer widerwilligen Erleichterung, eine Mail, die sie unmöglich mehr ignorieren konnte, oder das Telefon klingelte und sie musste ans andere Ende der Stadt fahren, um Freunde zu treffen, oder dort in der Ferne passierte irgendetwas Neues, und sie konnte nicht anders, als vorm Computer zu sitzen und wieder und wieder den Liveticker neu zu laden, bis ihr schwarz vor Augen wurde. Erst heute, in diesem stillen Waggon, aus dem sie nicht wegkonnte, würde sie sich zwingen, alles zu Ende zu denken, und beim Aussteigen würde sie spüren, dass die Fahrt sich gelohnt hatte.

Genau an diesem Punkt kam alles in Bewegung, und die Stadt H., in der sie achtzehn Minuten verbringen und dann umsteigen sollte, rückte unwiderruflich heran. Ihr Sitznachbar hatte längst seinen Computer zugeklappt, einen nicht zum Anzug passenden sportlichen Rucksack von der Gepäckablage geholt und stand jetzt im Vorraum neben der Toilette, als fürchtete er, den Ausstieg zu verpassen und im Zug zurückzubleiben. M. hob ihren Koffer herunter, aber der Gang war schon voll, also blieb sie vor ihrem Sitz stehen und betrachtete die Passagiere, die ihr zuvorgekommen waren. Direkt vor ihr stand ein großer blonder Mann mit breiten Schultern, der ihr schon beim Einsteigen aufgefallen war, er sah einfach zu gut aus, so ein frischgeduschter, ausgeglichener Typ mit grauen Augen und markantem Kinn – die Sorte Mann, die nicht für M. bestimmt war und in deren Gesellschaft sie sich regelmäßig verhaspelte und Fehler im Englischen machte. Jetzt konnte sie seinen Rücken und seine Haare studieren, die zu einem adretten Pferdeschwanz gebunden waren; im Nacken, wo oft widerspenstige Strähnen herausrutschen, hatte er sie mit einer ganzen Reihe parallel angeordneter Klammern festgesteckt – da sieht man, wie gut er sein Aussehen unter Kontrolle hatte. Ihr gefiel das sehr, der Mann war ein Genuss, der ihr vorenthalten blieb, aber sie wollte sich darüber nicht grämen, es gab ohnehin schon zu viele Gründe zu trauern, denen sie sich derzeit nicht gebührend widmen konnte.

Etwas weiter weg stand ein rotwangiger Jüngling mit roter Kappe, er lächelte und hielt auf beiden Seiten nach dem näher kommenden Bahnsteig Ausschau, offensichtlich auf der Suche nach jemandem – hätte er gekonnt, hätte er sicher den Kopf aus dem Fenster gesteckt oder wäre gar hinausgesprungen. Hinter ihm wartete eine Dame mit einem flauschigen Hund auf dem Arm, und M. hätte jetzt zu gern auch einen Hund besessen, ob flauschig oder nicht, einen, der unterm Tisch saß, während sie zum Beispiel frühstückte, und sich mit dem ganzen Körper gegen ihr Bein drückte, um am Vorgang des menschlichen Essens teilzuhaben. Der Zug kam zum Stehen, ohne noch einmal zu erzittern.

Der Bahnhof war riesig, dunkel, ganz aus Glas und Eisen, und erinnnerte so sehr an eine altertümliche Parkvoliere, dass sie auf der Stelle auffliegen und lange unter der Kuppel schweben wollte, gedankenlos flügelschlagend. Der Junge mit der Kappe wurde natürlich von einem Mädchen erwartet, deren Haare denselben rosa Farbton hatten wie ihr schläfriges Gesicht; der Mann mit den Haarklammern verschwand in der Menge, und auch M. ging, ihren leichten Koffer im Schlepptau, auf die weithin sichtbare Anzeige mit den Zug- und Gleisnummern zu. Hätte sie einen Hund, dachte sie wieder, würde sie nachts das Geräusch seiner Krallen auf dem Parkett hören und dann sein zufriedenes Seufzen, wenn er sich zu ihren Füßen legte.

Ihr Zug jedoch fehlte, und das war seltsam. Am vorgesehenen Gleis stand ein anderer Zug, ein leerer Doppeldecker, der offensichtlich nicht so bald abfahren würde – das war noch normal und sogar vorhersehbar. Doch auch auf der Anzeigetafel mit den hell leuchtenden Ziffern und Städtenamen fand die Schriftstellerin keinerlei Hinweis darauf, wohin sie gehen und was sie tun sollte. Unruhig geworden, beschleunigte sie ihr Tempo, lief ein Stück nach rechts, dann nach links, dann im Trab zu dem gläsernen Schalter mit der Aufschrift »Information«.

Die junge Frau an der Information war ruhig wie ein Park bei Sonnenaufgang. Die Hände, mit denen sie M.s Fahrkarte zum genaueren Studium entgegennahm, waren bedeckt mit einem komplizierten zweifarbigen Tattoo, an jedem Finger rankten und schlängelten sich, wie Rosen an einem Spalier, florale Ornamente empor. M. starrte sie an, dann zuckte sie zusammen und wandte den Blick ab. »Ihr Zug fällt aus«, sagte die Frau heiter. »Der Fahrpreis wird natürlich erstattet.«

»Nein!«, rief M., oder jedenfalls rief sie etwas, und dann erklärte sie gestikulierend, sie müsse weiter, sie müsse fahren, sie werde im Nachbarland erwartet und habe heute Abend einen Auftritt. Worauf die geduldige junge Frau ihrerseits erklärte, weiterfahren sei unmöglich: In dem bewussten Nachbarland gebe es einen Eisenbahnstreik, es verkehrten keine Züge dorthin, nein, kein einziger, bis in die Nacht. Vielleicht sollte M. sich nach einem Flug umsehen, aber dabei könne sie ihr nicht helfen.

Noch am Schalter (»Kein Fahrkartenverkauf«, verkündete ein strenges Schild auf der Glasscheibe), eine Hand auf ihrem Koffer, vom Trubel abgewandt, schickte M. den Organisatoren des ausländischen Festivals eine Mail, dann eine SMS, dann eine Sprachnachricht, und dann sah sie sich finster um. Der Bahnhof wimmelte von Menschen, es war Freitag, das Wochenende begann, und jeder fuhr irgendwohin, nach Hause, zu den Eltern, in den Urlaub. Ihr wurde heiß. Plötzlich fiel ihr ein, dass ihr Avocado-Gurken-Sandwich noch im Gepäcknetz vor ihrem Platz steckte, mutterseelenallein in dem von ihr verlassenen Zug, und dass es sich in diesem Moment, verlockend und unerreichbar, von ihr fortbewegte in einer Geschwindigkeit, die der Schriftstellerin M. vorerst versagt blieb.

4

Vor dem Imbiss, neben der kurzen Warteschlange, wurde M. von einem Obdachlosen abgefangen – er war barfuß und in ein durchsichtiges Regencape gehüllt, unter dem seine spitzen, nackten Schlüsselbeine hervorsahen. Sie hatte einen Kaffee und ein Avocado-Gurken-Sandwich bestellt, die Papiertüte lag schon auf der Theke, weckte Verlangen und verhieß Sattheit. »Kaufen Sie mir bitte auch was zu essen«, sagte er mit leisem Nachdruck, so dass sie ihn nicht gleich verstand, zumal sie die Landessprache nur schlecht beherrschte; sie zögerte und starrte ihn verständnislos an. »Was zu essen, kaufen Sie mir bitte was.«

M. verfiel in Hektik, ja ja, selbstverständlich, und wandte sich der Verkäuferin zu: Noch so ein Sandwich, bitte. »Nein«, sagte der Obdachlose, »ich möchte Cheesecake, einmal Cheesecake«, wiederholte er sehr deutlich, »von dem da«. Also einmal Cheesecake, von dem da, sprach sie ihm nach und tippte wie er mit dem Finger gegen die Vitrine. Die Frau hinter der Theke zog die Augenbrauen hoch, packte aber brav ein Stück Kuchen und einige Servietten in eine Tüte. Bitte schön, sagte M. beflissen und nahm ihren Kaffee. Der Mann im Regencape entfernte sich schon, er griff im Gehen in die Tüte, und M. dachte, dass sie ihm auch einen Kaffee hätte kaufen sollen, er hatte ja nichts zu trinken zu seinem Kuchen, aber sie konnte den Gedanken nicht fertig denken, denn jetzt stand ein zweiter Mann vor ihr, der sich in Alter und Aussehen von dem ersten unterschied, nicht aber in der totalen Hoffnungslosigkeit, die er verströmte wie einen starken Geruch. Er steckte in irgendwelchen Schuhen und Kleidern, und unter seinem

Arm klemmte ein bunter Fetzen, eine Art Vorhang, auf dem er offenbar bis eben geschlafen hatte, der schmutzige Saum schleifte auf dem Betonboden. Er sah sie an, aber auf seltsame Art, fixierte einen Punkt zwischen ihren Augenbrauen, so dass sie seinen Blick nicht zu fassen bekam. Kauf mir was zu essen, sagte er im selben Tonfall wie sein Vorgänger – als würde ihnen irgendwo beigebracht, wie und was man sagen musste, damit es wirkte. M. murmelte etwas, drückte ihm ihre Tüte mit dem Sandwich in die Hand und ging schnell, ohne sich umzusehen, zum Ausgang.

Draußen erinnerte sich ihre rechte Hand, dass sie einen Kaffeebecher hielt, und hob ihn zum Mund. M. trank den Kaffee in kleinen Schlucken, die Augen gegen die Sonne zusammengekniffen, die linke Hand auf ihrem Koffer. Leute gingen hierhin und dorthin, Taxis glitten vorbei, eine Taube zerpickte ein Stück Baguette. M. atmete tief durch und sah im Telefon nach ihren Mails: Die Festivalleute hatten noch nicht reagiert, irgendetwas musste sie mit sich anfangen, also ging sie, ohne lang zu überlegen, los, nach links, weg vom Bahnhof, vorbei an einem Parkplatz, einer Tramhaltestelle, einem Imbiss, der sehr nach Bahnhofsviertel aussah, wie im Übrigen alles hier. Sie kannte niemanden in H. und hatte keine rechte Vorstellung, was sie als Nächstes tun würde. Ohne ihren Koffer, der jetzt mit allen vier Rädern über den Kies ratterte, hätte sie vielleicht ins Museum gehen können, aber diese Idee schien ihr gleich wieder abwegig und irgendwie gefährlich. Sie musste ein Café finden und dort Quartier beziehen, auf Antwort warten, endlich etwas essen. Stattdessen blieb sie stehen und starrte wieder auf ihr Telefon, öffnete noch einmal die leere Mailbox, dann eine Flugticket-Seite, um zu sehen, ob es irgendetwas gab, was von hier an den Ort flog, wo sie heute

Abend sein musste. Es flog nichts. Sie stand an einer Ecke, eben war die Ampel grün geworden. Die Schriftstellerin M. überquerte die Straße und schaute sich um.

Lokale gab es hier reichlich, ein türkisches Café, eine Bierbar, eine Pizzeria, alle wenig einladend und vermutlich deshalb auch leer, so dass man nicht wusste, ob sie überhaupt geöffnet hatten. Vielleicht waren sie abends belebter und jetzt noch damit beschäftigt, sich allmählich auf Publikum einzustellen, das einstweilen draußen vorbeieilte, zum Zug oder nach Hause. Zu dem türkischen Café gehörten noch zwei, drei Tische auf der Straße, mit Aschenbechern, was ein Vorteil war für Leute, die sich einfach nur in die Sonne setzen und die Augen zumachen wollten. Die Tür stand offen, der Fliesenboden wirkte frisch gewischt. Die Essensvitrine war leer, die Küche noch geschlossen. Nur auf einem Plastiktablett in der Ecke stand ein Teller mit flachen Fladen von länglich ovaler Form, wie Seen. M. merkte plötzlich, dass sie furchtbar müde war. Ich möchte Tee, bitte, eine Tasse Tee, sagte sie im selben Ton wie der Obdachlose von eben. Und eins von denen – sie zeigte mit dem Finger auf den obersten Fladen, dessen Namen sie nicht kannte.

Er hieß Börek, wie sich herausstellte, man schnitt ihn ihr in sechs große Stücke, die musste sie nun essen. Ihr Hunger hatte sich irgendwo verkrochen, das Essen, lauwarm und tränensalzig, blieb ihr im Hals stecken. Zum Ausgleich war der Tee heiß und von sattem Ziegelrot, sie trank die erste Tasse aus und bestellte eine zweite. Warum sie nicht wie gedacht draußen saß, sondern in diesem Innenraum, der in lauter offene Sitznischen unterteilt war, verstand sie selbst nicht ganz. Außer ihr waren nur zwei andere Gäste da – ein alter Mann mit borstigem Schnurrbart, der an der rückwärtigen Wand saß, und noch jemand mit einer Zeitung, auch er weiter hinten. M. sah aufs Telefon – keine neuen Mails.

Seltsam, wie lange sie nicht mehr so zweck- und planlos in einer fremden Stadt gewesen war, ohne jede Idee, was sie hier tat und was zu tun interessant sein könnte – vielleicht sogar noch nie. M. hatte die unschöne Angewohnheit, sich lange vor jeder Reise gründlich darüber zu informieren, was an ihrem Ziel als besonders sehenswert galt. Früher hatte sie, wenn sie irgendwohin fuhr, zuvor Reiseführer verglichen, Unverzichtbares ausgewählt, Listen zusammengestellt und war dann von Station zu Station gelaufen, und ihre freudige Erwartung wurde so gut wie immer erfüllt – wie auch nicht, ein ägyptischer Obelisk, der seit Jahrhunderten auf seinem Platz stand, konnte ja schwer flüchten, nur um der Begegnung mit einer Schriftstellerin auszuweichen. Es stimmte zwar, dass sie sich auf diese Weise um die Freude am Ungeplanten brachte, an zufälligen Ereignissen und überraschenden Wendungen, aber auf derlei Dinge legte sie wenig Wert. Was ihr gefiel, war die verlässliche Bewegung von Verheißung zu Erfüllung, und dabei spielte die Möglichkeit, dass sie ihre Meinung ändern und etwas wollen könnte, was im Reiseführer nicht vorkam, keine Rolle. Eine Situation, in der sie gar nichts wollen würde, hatte M. bis vor kurzem nicht in Betracht gezogen, und selbst jetzt, in diesem neuen Leben, versuchte sie entlang ihres Wegs kleine Bonbons zu platzieren, wie die Ostereier, die man hierzulande im Gebüsch versteckte, damit die Kinder sie suchten und fanden: ein vier Monate im Voraus geplantes Konzert, einen Museumsbesuch in einer unbekannten Stadt – obwohl der Gedanke an Museen und andere Sehenswürdigkeiten ihr neuerdings aus irgendeinem Grund Übelkeit verursachte.

Hier aber, wo sie eigentlich nur achtzehn Minuten hatte

bleiben wollen, empfand sie eine Verlegenheit, als wäre sie ungebeten zu Besuch gekommen und schon zu lange geblieben. Das Beste wäre wohl, sie würde zahlen, sich zum Bahnhof zurückbefördern und wieder dorthin fahren, wo sie hergekommen war. In zwei, zweieinhalb Stunden, lang bevor es dunkel wurde, wäre sie wieder im Haus am See, sie könnte sogar so tun, als wäre sie gar nicht weg gewesen, sondern hätte die ganze Zeit auf dem Sofa im Zimmer mit den weißen Wänden gesessen. Aber gerade das schien ihr undurchführbar und auf unerklärliche Weise kränkend – als hätte nichts, was geschehen war, eine Bedeutung, als könnte man jede Handlung rückgängig machen und zum Anfang zurückkehren. Wenn sie eines mitgenommen hatte aus der Erfahrung des letzten Jahres, dann die Gewissheit, dass Bewegung nur vorwärts möglich war. Doch jetzt waren Zeit und Raum und sie selbst eingefroren wie ein abgestürzter Computer, sie konnte nur die Hände in den Schoß legen und auf ihre leere Tasse starren.

An diesem Punkt musste sie, so ungern ich das zugebe, auf die Toilette – noch so ein lästiges Bedürfnis. Sie überlegte, ob sie ihren Koffer mitnehmen sollte, immerhin enthielt er alles Unentbehrliche. Ihn mitzunehmen wäre peinlich gewesen, ein klares Zeichen des Misstrauens gegen dieses Lokal, das ihr Zuflucht gewährt hatte; ihn neben dem Tisch mit dem nicht aufgegessenen Börek stehenzulassen hieß, das Schicksal herauszufordern und sich womöglich noch mehr Schereien einzuhandeln. Einen Moment lang trat sie unschlüssig auf der Stelle, dann schob sie den Koffer sorgfältig an die Wand, stellte einen Stuhl davor, der ihren Besitz bewachen sollte, und steuerte auf die Tür mit der Aufschrift »Damen« zu. Die Tür ging nicht auf, sie schien abgeschlossen. Sie müssen nach oben, sagte mit einem Hauch Galanterie der schnurrbärtige Alte, dort die Treppe hinauf, oben funktioniert alles. Die Schriftstellerin zögerte, warf einen bedauernden Blick auf ihren Koffer und stieg wie befohlen die gewundene Treppe hinauf.

Im ersten Stock zeigte sich der unscheinbare Imbiss von einer überraschenden Seite. Dort lag ein gedrechseltes, vergoldetes Paradies voller Teppiche und Wasserpfeifen, die im Halbdunkel matt schimmerten. Dies war unverkennbar das Herz des Etablissements, hier blitzte und dröhnte bei Nacht sein wahres Leben. Die Vorhänge waren aus gediegenem Samt, die Sessel standen auf geschwungenen Füßchen, und keine Menschenseele kreuzte M.s Weg. Während sie auf der Toilette saß, dachte sie an das Schicksal ihres Koffers: daran, wie sie gleich nach unten käme, und er wäre nicht mehr da. Wie in diesem Buch, dachte sie, wo ein Mensch erst einen Schuh verliert, dann seinen Koffer, dann seinen Autoschlüssel und zuletzt sich selbst. Sie würde sinnloserweise unter dem Tisch suchen, den schnurrbärtigen Alten und den schnurrbartlosen Jüngling befragen, dann käme die Polizei und es gäbe ein stundenlanges Hin und Her mit Papieren und Protokollen. Zu ihrer Veranstaltung würde sie es natürlich nicht mehr schaffen, sie müsste entweder hier in H. übernachten oder noch am Abend mit dem Zug zurückfahren, übrigens, hatte sie eigentlich genug Geld für ein Hotelzimmer? Sie hatte, sogar hier in der weißen Handtasche, die am Griff der Toilettentür hing, aber der Gedanke, dass sie gleich alles verlieren würde, von der Plastikhülle mit ihrem Pass bis zum zweiten weißen Hemd, und ihr Leben nie wieder dasselbe wäre, hatte sie schon völlig im Griff, sie musste ihn gewaltsam abschütteln, wie ein Hund sich nach dem Baden schüttelt, dass die Tropfen fliegen.

5

Der Koffer stand, wo sie ihn abgestellt hatte, hinter dem Stuhl, von niemandem behelligt. M. hatte sich neben ihn gesetzt, verwundert über das Ausmaß der Ruhe, die sie plötzlich überkam. Ihr Telefon, dessen Akku fast am Ende war, hing jetzt am Ladekabel und saugte sich voll mit Energie. Der Mann mit den Zeitungen hatte bezahlt und war gegangen, und sie saß einfach da und verlangte nichts weiter von sich. Sie hatte noch immer keine Nachricht bekommen, aber aus irgendeinem Grund störte sie das nicht mehr; der Gedanke, dass man sie vergessen, sie gewissermaßen verloren hatte, war vielmehr seltsam beruhigend, er erzeugte eine matte, schläfrige Wärme im Bauch. Auch in ihrem Mail-Postfach gab es nichts Neues; sie öffnete Facebook, wo sie schon lange nichts mehr schrieb, aber mehrmals täglich vorbeischaute, als müsste sie aufpassen, dass dort nichts aus dem Ruder lief.

Sie wusste im Voraus, was sie sehen würde, und genau das sah sie. Auf den Bildern trieben Menschen und Hunde in schmutzigem, schäumendem Wasser, tauchten unter, versuchten sich zu retten; graue, übermüdete Menschen in Booten holten Menschen und Hunde von Dächern, denen das Wasser immer näher kam. Irgendwo war ein ganzer Zoo untergegangen, all die Tiere mit den menschlichen Namen waren in ihren Käfigen eingesperrt gewesen, man konnte ihnen nicht helfen. Auf den Höfen im Umkreis versanken die Wachhunde mitsamt ihren Hütten und Fressnäpfen in den Fluten, sie waren fest angekettet und nicht in der Lage, sich zu befreien. All das geschah in dieser Minute, während M. Zug fuhr oder frühstückte, es geschah in jenem Land, das von jenem anderen

Land, aus dem sie kam, überfallen worden war. Im besetzten Teil des überfallenen Landes stand ein großes, marodes altes Wasserkraftwerk, und nun hatten Soldaten, die dieselbe Sprache sprachen, in der M. ihre Bücher schrieb, etwas getan, woraufhin das Wasser ausströmte und alles überschwemmte. M. griff abrupt nach dem mittlerweile kalten Börek und stopfte es sich mit beiden Händen in den Mund, würgend und blinzelnd. Sie bemerkte nicht gleich, dass der Schnurrbärtige direkt vor ihrem Tisch stand und geduldig mit ihr sprach.

Er wollte wissen, begriff sie jetzt, ob sie mit dem Essen zufrieden war. M. drehte ein paarmal den Kopf, um wieder zu sich zu kommen, und antwortete wahrheitsgetreu, der Tee sei köstlich. Der Alte nickte und setzte sich, ohne zu fragen, ihr gegenüber. Wo kommen Sie her?

Die Schriftstellerin war mittlerweile anscheinend selbst für ein Mindestmaß an Höflichkeit zu müde. Ich denke immer, sagte sie langsam, dass diese Frage nur dazu gut ist, einen Fremden auf sein Fremdsein hinzuweisen. Darauf, dass er irgendwie anders aussieht, nicht richtig spricht, nicht hierhergehört. Ich weiß, Sie sind einfach nur neugierig, wie es mich zu Ihnen verschlagen hat, schließlich liegt der Bahnhof um die Ecke. Aber für mich klingt das genau so.

Ach, sagte der Schnurrbartträger, ich höre solche Fragen seit vierzig Jahren – solange ich hier lebe, so lange werde ich danach gefragt. Sie sollten sich daran gewöhnen.

M. hatte nicht die geringste Lust, sich an irgendetwas zu gewöhnen, aber sie nickte ergeben. Es wäre gut, sagte sie, wenn die Frage nur von Leuten gestellt werden könnte, die selbst von woanders kommen und sich erst noch eingewöhnen – das wäre normal, so wie man im Wartezimmer beim Zahnarzt über Zähne redet. Da sehen Sie, korrigierte der Alte, Sie wissen nicht mal, dass man hier im Wartezimmer entweder gar nicht oder nur vom Wetter redet. Die meisten Leute schweigen, das ist so üblich. Bis auf den Gruß beim Hereinkommen natürlich.

Die fünfzigjährige M. war in diesem Gespräch schnell in die Rolle der Jüngeren, des frischen, unbedarften Mädchens gerutscht, als wäre sie nicht ganz sicher, wie alt und wie groß sie eigentlich war, und es fiel ihr kaum auf, dass ihr Gesprächspartner zum Du übergegangen war. Wo kommst du denn nun her, fragte er noch einmal, als hätte sie bei der ersten Antwort danebengehauen, bekäme nun aber gnädigerweise eine zweite Chance. M., die plötzlich beschlossen hatte, nur noch zu sagen und zu tun, was sie wollte, sagte ihm die reine Wahrheit: Aus der Hauptstadt, erklärte sie, gerade angekommen. Der Schnurrbartträger nickte: Gut, und wo bist du geboren? Das Ganze fing an, sie an dieses Spiel zu erinnern, bei dem man einen Zettel mit dem Namen eines literarischen Helden oder historischen Schurken auf die Stirn geklebt bekommt und durch Fragen herausfinden muss, wer man ist. Wer weiß, wohin der Spaß noch geführt hätte, doch in diesem Moment klingelte durchdringend und fordernd ihr Telefon. Der Alte zuckte mit den Schultern und trollte sich an seinen Platz in der Ecke. Ja, rief M. in den Hörer, ja, ich bin hier und ein bisschen ratlos.

Die Festivalleute im Nachbarland hatten sie nicht vergessen, sie wurde nach wie vor erwartet, und die für den Abend geplante Veranstaltung war nicht abgesagt. Sie schlugen vor, sie sollte die nächste Regionalbahn nehmen, einen Vorortzug, der an jedem kleinen Bahnhof hielt, und damit gemütlich bis zur Grenzstadt F. fahren; dort würde ein Wagen auf sie warten. Das schaffen Sie, nicht wahr, sich ein Ticket zu kaufen?, fragte die Stimme am Ende der Leitung besorgt – eine Bestätigung mehr für M.s neuen Status eines Kleinkinds oder einer harmlosen Irren, die nur eingeschränkt für sich sorgen konnte und einer besonderen, minutiösen Betreuung bedurfte. M. versicherte, dazu sei sie durchaus in der Lage. Die nächste Bahn ging in vierzig Minuten.

Jetzt, da alles geklärt und ihr aus den Fugen geratener Plan wiederhergestellt war, dachte sie mit Bedauern an die Möglichkeiten, die für kurze Zeit in der Luft gelegen und sich wieder verflüchtigt hatten. Die Idee mit dem gestohlenen Koffer und dem Polizeiprotokoll ging natürlich zu weit, auch wenn die Verzweiflung und das Chaos, die damit verbunden waren, sie aus irgendeinem Grund reizten. Aber die Vorstellung, sie hätte in dieser zufällig aufgetauchten Stadt ein billiges Hotel finden und sich dort, wie ihr Sitznachbar im Zug, augenblicklich auf ein gemachtes Bett legen können, ohne auch nur die Schuhe auszuziehen, löste diffuse Sehnsucht aus. Vier Wände, dazwischen soundso viel Kubikmeter anonymer Luft, ein schmaler Spiegel, mit etwas Glück eine Kaffeemaschine, und abgesehen von ihrem Pass, den sie beim Einchecken hätte vorzeigen müssen, hätte niemand etwas von M. erwartet oder wissen wollen. Sie hätte, bei dem Gedanken lachte sie kurz auf, sogar ins Museum gehen können.

6

Ins Museum, ins Museum, murmelte sie, während sie übertrieben energisch den gleichen Weg zurückging, auf dem sie gekommen war: Kreuzung, Bierbar, Bahnhofsvorplatz, geparkte Autos, Mülleimer, Taube, Gedränge am Bahnsteig und ein durchsichtiger, zweistöckiger Zug wie der von vorhin, vielleicht war es sogar derselbe. Drinnen war es schon voll, nicht mal ein Apfel hätte auf den Boden fallen können, wie man in ihrer Muttersprache in solchen Fällen sagte, jener biegsamen, wendigen, zu beinahe allem fähigen Sprache, die M. neuerdings Misstrauen einflößte: Wer wusste schon, was ihre zum Kriegführen ins Nachbarland gereisten Landsleute in diesem Moment in dieser Sprache sagten, wie und wen sie im selben Moment umbrachten. M. war immer noch überzeugt, dass daran allein das Untier schuld war, die Leute hatten einfach zu lange in seinem Pesthauch gelebt, mit der Zeit waren sie ihm ähnlich geworden, oder schlichter gesagt: sie waren vertiert. Mit der Sprache war es komplizierter, denn sie war viel älter als das Tier – und doch schien auch sie plötzlich von einer verdächtigen Schleimschicht bedeckt, voll eiternder Knoten und Beulen, mit Wörtern wie *Fleischsturm, reinleuchten, Zivilacken*, sie schien verwildert und erkannte die eigene Familie nicht mehr. Und auch M. scheute die Berührung mit ihr, sie wartete ab.

Im Obergeschoss war es leerer, sie fand einen Platz am Fenster. Der Zug rollte an, zwischen den Stockwerken hatten sich ein paar Jugendliche in Pfadfinderuniform und schwerem Schuhwerk auf den Stufen breitgemacht und waren sofort in ein ihr unbekanntes Spiel versunken; sie legten bunte Glitzerkarten zu einem komplizierten Muster. Die Reisenden, die immer noch durch die Wagen liefen, mussten über die ganze Patience hinwegklettern, aber das schien sie nicht zu stören, manche wechselten sogar ein paar anspornende Sätze mit den Kindern. M. streckte die Beine aus und versuchte zu schlafen, ohne Erfolg – sie hörte nicht auf, Dinge zu erfassen und zu erkennen, nur tat sie es in jenem halbdunklen Tunnel, den sie mittlerweile gut kannte und stets, so schnell es ging, verließ: Was in diesen Momenten in ihrem Kopf ablief, hätte ans Fliegen erinnert, wäre es nicht eigentlich ein Fallen gewesen, so als hätte sie plötzlich keinen Grund mehr unter den Füßen und als wäre unklar, ob und wann sich das wieder ändern würde. M. schlug die Augen auf und stemmte fest die Sohlen gegen den Abteilboden.

Das Gefühl des permanenten Fallens, des körperlosen Hindurchstürzens durch Dinge und Menschen, immer tiefer und tiefer, unter pausenlosen lächelnden Entschuldigungen, war ihr inzwischen wenn nicht zur Routine, so doch vertraut geworden, und sie musste sich anstrengen, um sich zu erinnern, dass das nicht immer so gewesen war. Vielleicht hätte sie diese Bewegung irgendwie beenden, sozusagen wieder Boden unter den Füßen gewinnen müssen, aber es fiel ihr schwer, darüber ernsthaft nachzudenken, und wo hätte der Boden auch herkommen sollen. »Er hat jede Kontrolle über seine Biographie verloren«, hatte vor vielen Jahren einmal einer ihrer Liebhaber über jemanden gesagt, und sie hatte nur verächtlich geschnaubt: Seine Biographie, hieß das, muss man im Griff halten, ihr keine Sperenzchen erlauben.

An ihrem jetzigen Wohnort gab es, wie uns schon bekannt ist, einen See, und an diesem See lagen auf einer Brücke Rücken an Rücken zwei große steinerne Tiermenschen. Über

Sphinxe weiß man im Wesentlichen zwei Dinge: Sie verbringen ihr Leben damit, im Kopf allerhand Rätsel zu lösen, und wenn einer ihrer Gesprächspartner ihnen dabei nicht zu helfen weiß, siegt ihre tierische Natur, und sie fressen ihn bei lebendigem Leib, wie die Katze die Maus. Dabei schienen diese Sphinxe über jeden Verdacht erhaben, mit ihren schönen steinernen Gesichtern, die sich M. mit einem Ausdruck trauriger Würde, ja sogar mit einer gewissen Zärtlichkeit zuwandten, Gott weiß, was oder wem sie galt. Ihr Haar war mit Bändern umwunden, die Brust entblößt, bei einer waren die Brustwarzen mit wasserfester Farbe ummalt – links weiß, rechts blau. Die steinernen Tiere versuchten gar nicht, ihr wildes Wesen zu verbergen, ihre Schwänze waren nackt und muskulös und endeten in einer Quaste, ihre Arme bedeckte ein struppiges, unansehnliches Fell. Der Hund, den die Schriftstellerin sich wünschte, hätte diese Kreaturen auf den ersten Blick zweifellos angebellt, ihre Doppelnatur hätte in ihm den Verdacht geweckt, dass sie zwar still, aber zu allem fähig waren. Doch vielleicht hatte M. gerade deshalb keinen Hund, weil sie nicht mehr so sicher war, selbst aus einem Guss zu sein – ihre Worte und Gedanken und, wer weiß, auch ihre Taten konnten ihr jederzeit einen Streich spielen, und dann würde sie ihr eigenes monströses Wesen offenbaren. Schließlich, dachte sie, hatte sie trotz ihres jahrelangen Ekels und Hasses gegen das Untier, solange sie zurückdenken konnte, entweder im selben Käfig mit ihm gelebt oder in seinem Bauch, wie Jonas im Bauch des Wals, und sie erinnerte sich kaum an eine Zeit, in der es anders gewesen wäre. Bedeutete das nicht womöglich, dass sie das Produkt des Tiers war, seine verkleinerte Nachbildung – eine von Millionen, die äußerlich elegisch und zart wirkten, aber nur darauf warteten, Krallen und Zähne zu zeigen und jeden zu fressen, der ihre Zuneigung nicht erwiderte? Dieser Gedanke hatte sich so sehr in M. festgesetzt, dass sie sich manchmal dabei ertappte, wie sie im Spiegel ihre Arme untersuchte: Begann da nicht ein rötliches Fell zu sprießen am Unterarm?

Der Zug glitt jetzt langsam dahin wie im Traum, er hielt an jeder Station, und es stiegen mehr Leute aus als ein. An den kleinen Bahnhöfen wuchsen heftig blühende holunderähnliche Sträucher, die statt in Weiß in purpurnem Rot überströmten, ein üppiger Bierschaum, der über die grünen Blätter bis fast auf den Boden tropfte. Hier und da hingen alte Hinweistafeln, die zur Vorsicht mahnten, sie schienen seit den siebziger Jahren nicht ausgewechselt worden zu sein, als M. noch klein war und an einem Vorortbahnhof ein ganz ähnliches Bild in verblassten Primärfarben sah, auf denen ein Mensch rücklings vom Bahnsteig und vor einen Zug fiel. In einem Moment tauchte vor dem Fenster genau dieses Bild oder seine exakte Kopie auf, sein Zwilling, und da schien ihr kurz, als ginge ihr komplizierter Traum gleich zu Ende, als führe sie auf die Datscha und verwandelte sich unterwegs in die zehnjährige, achtjährige, fünfjährige M. und als würde sie dort längst erwartet.

Im selben Moment begriff sie, warum ihr die Idee eines Museumsbesuchs so widerstrebte: Irgendwann hatte sie einmal eine Geschichte von einem Mann gelesen, der sich vor einem Sommergewitter in ein Provinzmuseum flüchtet, zwischen Skulpturen und traurige Fossilien. Doch die Ausstellung entpuppt sich als Falle, die Säle mehren sich, ja, vermehren sich unaufhaltsam wie wildgewordene Biomasse, das Ende der Zimmerflucht ist längst unerreichbar, über ihm wachsen immer neue Etagen mit wogenden Portieren, ausgeweideten

Konzertflügeln und kilometerweise Ölgemälden empor, dazu kommt, was man heute Installationen nennen würde, mit leblosen Teichen und künstlichen Nebeln, und das Ganze wimmelt von Menschen, wie das Jenseits, wo man irgendwann alle und jeden trifft – und genau darum handelt es sich offenbar auch. Ich weiß nicht mehr wie, aber am Ende kann der Held sich befreien; draußen ist es endlich leer und kühl, unter seinen Füßen liegt matschiger Schnee mit schwarzen wunden Stellen, es riecht dunkel nach Wasser, die Straßenlaternen sehen ungewohnt und allzu vertraut aus. Tatsächlich ist er – wie in einen Kaninchenbau – abgestürzt und am falschen Ort gelandet: zu Hause, in der Heimat, aber nicht der Heimat aus seiner Erinnerung, sondern der echten, dem Land der Erschießungen und Parolen, und jetzt wird man ihm jeden Moment den Kopf abreißen, einfach so. Genau das, dachte M., droht jedem, der in dieses *Nachhause* zurückwill, der die überflüssigen, belastenden Erinnerungen loswerden und sich im warmen Bauch, hinterm Apfelmuster der Vorhänge auf der Datscha verkriechen möchte. Dann schon lieber nach F. fahren und von dort aus weiter.

Durch den Spalt zwischen den Sitzen sah sie schräg vor sich ein älteres Paar, das nebeneinandersaß; die beiden unterhielten sich leise, sie packte raschelnd etwas aus, zeigte ihm etwas. Auf den ausgeklappten Tischflügeln lagen zwei Reiseführer und ein Stadtplan, über den sie sich immer wieder beugten. M. fragte sich zum ersten Mal, wohin sie eigentlich unterwegs war: Der Name »F.« sagte ihr nichts, sie war noch nie in dieser Gegend gewesen.

Sie kramte ihr Telefon aus der Tasche: Die Suchmaschine erriet beim ersten Buchstaben, was die Schriftstellerin wissen wollte, und lieferte umfassende Informationen über die Stadt

F. und ihre Besonderheiten. Sie lag am Meer, dicht an der Grenze zum Nachbarland, und besaß an Sehenswürdigkeiten eine Prachtstraße, das unumgängliche Stadtmuseum, das hier aus irgendeinem Grund »Phantomathek« hieß, sowie Strände, Restaurants und Hotels mit Namen wie »Paradies« oder »Wasserlust«. Eines interessierte M. besonders: Es hieß *Grand Hotel Petuch*, was für jemanden mit ihrer Muttersprache ziemlich erheiternd klang. Hier würde sie absteigen, dachte sie, wenn sie nicht weitermüsste zum Ort ihrer Bestimmung; sie würde so tun, als wüsste sie, weshalb sie hier ist, würde ihren Koffer auspacken, ihre drei Bücher auf dem Nachttisch aufstapeln und dann losziehen, um das örtliche Meer in Augenschein zu nehmen. Dass es dazu nicht kommen würde, ärgerte sie auf einmal; der Zufall, der sie hierher verschlagen hatte, war eine ganz gewöhnliche Falte im Stoff des Lebens, ohne weitere Bedeutung oder Folgen.

Das Paar vor ihr sprach weiter seine Urlaubspläne durch, bis der Mann plötzlich aufstand und ans Ende des Wagens ging; seinen dünnen Stock benutzte er nicht als Stütze, sondern schwenkte ihn in weiten Bögen vor sich her, so dass die Spitze gegen Boden und Sitzlehnen klapperte, und M. begriff, dass er blind war.

An jedem kleinen Bahnhof stiegen weitere Passagiere aus, die meisten wurden abgeholt – die Szenerie erinnerte an das Ende einer Kindermatinee, wenn die Eltern sich vorm Eingang des Theaters drängen und ihre Sprösslinge aus der Menge fischen, bis der Platz irgendwann leer ist. Alle fuhren nach Hause: Rekruten auf Urlaub, Studenten, die aus der Großstadt heimkehrten, müde Angestellte. Die Gegend wirkte verlassen, die besonnten Straßen lagen still da, als wäre jeweils das ganze Dorf am Bahnsteig versammelt, um seine

Leute zu empfangen, manche hielten sogar Luftballons in der Hand. Man könnte natürlich auch hier aussteigen, dachte M., obwohl ihre Phantasie nicht ausreichte, um sich vorzustellen, was sie hier tun und wo sie die Nacht verbringen würde. Draußen lag eine junge Frau in Lederjacke ihrer Mutter in den Armen; sie musste sich dafür bücken, so viel größer war sie. An der Tür des Fahrkartenschalters hing ein Schild mit der Aufschrift »Geschlossen«.

7

Der Akku ihres Telefons war nach diesen Stunden fast leer, als wäre er nicht in H. erst gefüttert worden. Die Schriftstellerin wühlte in ihrer Tasche nach dem Ladegerät, obwohl es hier weit und breit keinen Stecker gab. Es gab aber auch kein Ladegerät, irgendwie war es verschwunden, dabei erinnerte M. sich genau, wie sie sich eingeschärft hatte, es nicht zu vergessen in dem türkischen Café, wo es am Ende offenbar liegengeblieben war. Der gelbe Balken, der die Restlaufzeit anzeigte, war nur noch ganz klein, bei etwa zwanzig Prozent; bis zu ihrem Taxi käme sie damit gerade noch. F., die Endstation, rollte vor dem Fenster heran, alles stand auf.

Wie sich zeigte, waren immer noch genügend Passagiere im Zug, um einen kräftigen Menschenstrom zu bilden, der den Bahnsteig überschwemmte und M. mit sich zog. Aus dem Augenwinkel bemerkte sie einen Polizisten in voller Montur und mehrere Personen von eindeutig nichthiesigem Äußeren, die ihm mit gesenkten Köpfen Rede und Antwort standen. Wahrscheinlich, dachte sie, war die erste Frage dieselbe gewesen, die sie immer so irritierte – wo kommt ihr denn her –, und sie empfand kurz Mitgefühl, lief aber weiter im Takt der Menge.

Jemand kam ihr von hinten vage vertraut vor, wie aus einem früheren Leben – natürlich, es war der Mann mit den Haarklammern; sein Kopf überragte die übrigen, die blonden Haare waren zu einem perfekten Knoten geschlungen, als wäre er nicht wie sie den ganzen Tag unterwegs gewesen und von einem Zug in den nächsten umgestiegen. Genau in diesem Moment drehte er sich um und sah sie an, dann wandte er schnell den Blick ab, wie bei einer überraschenden, unerfreulichen Begegnung.

M. bekam ein schlechtes Gewissen, als hätte man sie bei etwas Unanständigem ertappt – umso mehr, als sie wusste, dass sie diese Haarklammern und dieses Kinn so bald nicht wieder vergessen würde, sie hatten sich schon in ihrem Hirn festgesetzt. So schlägt die Erscheinung eines Menschen einen manchmal in Bann – nicht weil sie so vollkommen wäre, es ist eher eine Kombination von Unvollkommenheiten, durch die aus einer bestimmten Kopfhaltung oder einem Paar schmaler, mit blassen Sommersprossen übersäter Knöchel eine Art Splitter im Denken wird, der sich beim besten Willen nicht mehr herausziehen lässt. Dieses Gefühl, das ihr wohlvertraut war, hatte mit Begehren wenig zu tun; sie verspürte keinen Drang, mit diesem konkreten Exemplar der Gattung Mann in einem Hotelzimmer allein zu sein. Nur angeschaut hätte sie ihn gerne noch länger, wie einen Hirsch oder einen Hasen, der im niedrigen Gras saß und aus riesigen Augen zu ihr herübersah – doch wo es um Menschen geht, ist ein unverwandter Blick nicht weit weg von einer Berührung, weshalb der Schauende sich schämt, wenn sein Interesse bemerkt und gedeutet wird. Zudem war der Gesichtssinn – das hatte sie irgendwo gelesen – in prähistorischer Finsternis, als er sich eben erst zu entwickeln begann und noch wenig von sich wusste, allein den Raubtieren vorbehalten gewesen. Die primitiven Augen der Räuber reagierten auf Bewegung, sie versuchten die Umrisse potenzieller Nahrung zu erkennen, um ihr sofort nachzujagen, das verlockende Objekt zu stellen und bis auf die Knochen abzunagen. M.s Interesse an fremden Knöcheln rückte sie insofern in die Nähe eines wilden Tiers; auch sie wollte diesen Knöcheln aus irgendeinem Grund nachlaufen, obwohl sie es keineswegs darauf anlegte, mit ihnen zu verschmelzen oder sie zu verschlingen – ihr inneres wildes Tierchen hätte allemal als Pflanzenfresser durchgehen können, hätten seine unpassenden Gelüste es nicht manchmal noch verraten.

Bei einem herbstlichen Waldspaziergang hatte M. einmal gesehen, wie ein an das Landleben nicht gewöhnter Stadthund überraschend eine Spitzmaus fing und sie mit den Pfoten so zu Boden drückte, dass sie nicht mehr entwischen konnte. Nachdem er diesen Part schnell und gekonnt erledigt hatte, geriet der Hund plötzlich in Verlegenheit, fast Verzweiflung, und fing schrill zu bellen an, um seine Besitzerin zu Hilfe zu rufen: Er hatte keine Ahnung, was er mit seiner Beute anstellen sollte, und war froh, als man ihn weiterzerrte. Ungefähr so, vermutete M., wäre es in einem vergleichbaren Fall auch ihr ergangen.

Sie mochte es zwar, wie Straßenfotos fremde Menschen aus ihrem obskuren Leben herausholten und auf Papier bannten, so dass man sie ungehindert betrachten konnte, aber das waren ja nur Bilder, Nachbildungen. Sie wusste auch von jener französischen Künstlerin, die das Verfolgen zufälliger Passanten gewissermaßen zu ihrem Metier gemacht hatte; die es schaffte, ihnen auf den Straßen von Paris unbemerkt nachzuschleichen und über manche ganze Dossiers anzulegen – ohne das geringste Love Interest, einfach um zu sehen, wie es weiterging. M. wäre durchaus selbst imstande gewesen, einem Paar pflaumenblauer Ballerinas oder einem nachlässig frisierten fuchsroten Haarschopf wer weiß wohin zu folgen, was wahrscheinlich katastrophal geendet hätte, mit dem Verlust ihres Telefons und ihres Koffers und schließlich ihrer ganzen Existenz, wie in jenem deutschen Buch. Aber die Vorstellung, dass der Mensch, dem sie nachginge, plötzlich stehen bleiben, sich zu ihr umwenden und in drohendem Ton fragen könnte, was sie von ihm will und mit welchem Recht sie ihn verfolgt, war so peinlich, dass sie am liebsten versteinern wollte. Auch das kam vor, und nicht so selten: Sie ging einfach irgendwohin, merkte aber unterwegs, dass ein Passant, der sie gar nicht interessierte, schon ziemlich lange vor ihr herlief und wieder und wieder in dieselbe Richtung abbog, die auch sie nehmen musste – und dann wurde ihr so elend zumute, als wäre sie ihm wirklich die ganze Zeit gefolgt und er hätte das längst bemerkt und müsste sich jeden Moment umdrehen und eine Erklärung fordern. Nein, das Gefühl der Scham, mit dem sie anscheinend schon auf die Welt gekommen war, ließ keinerlei Leichtsinn und Frivolität zu, es machte sie für ihre Umgebung völlig ungefährlich, und das war in diesem Land nicht anders als all die Jahre in jenem anderen, wo sie geboren war.

Die Menge strömte dahin, umfloss einen Blumenladen mit Sonnenblumen und einen kleinen Brezelstand und erreichte den Bahnhofsplatz; dort wandten all diese Menschen, einschließlich des Mannes mit den Haarklammern, sich nach rechts und bogen gegen den Uhrzeigersinn um die Ecke, während M. seitlich ans Ufer schwamm und etwas abseits stehen blieb, am Taxistand. Aus irgendeinem Grund hatte sie angenommen, dass sie wie am Flughafen mit einem Namensschild erwartet würde, und wusste jetzt nicht recht weiter. Es waren nicht viele Taxis am Stand, vier gewöhnliche gelbe und ein ausländisches, von anderer Farbe und Form. Vermutlich war das der Festivalgesandte, der da mit teilnahmslosem Blick im Auto saß, die gefalteten Hände auf dem Steuer abgelegt, als ginge die Schriftstellerin ihn nichts an. Sie aber, entschlossen, endlich ans Ziel zu kommen, riss die Autotür auf und sagte ihren Namen, worauf der Fahrer freudig nickte.

Wohin soll's denn gehen, fragte er, nachdem sie auf die nächste Straße eingebogen waren, als wüsste er das nicht. Ich dachte, Sie wissen Bescheid, antwortete M. fröhlich. Ich werde in O. erwartet, beim Festival, mein Auftritt beginnt um acht. Nicht grade um die Ecke, sagte der Taxifahrer, aber wir schaffen das.

Die Stadt lief langsam aus, vor dem Fenster zogen Parkplätze vorbei, melancholische Lagerhallen, dann eine zertrampelte Wiese, auf der sich ein Wanderzirkus niedergelassen hatte: fahlgelbe Zelte, kleine, zweifenstrige Wagen und ein überdimensioniertes Schild: »Zirkus Peter Cohn«. Man sah, wie zwei Arbeiter im Overall mit einem mächtigen Schlauch die Zeltplane abspritzten und den Staub des Tages wegwuschen. Es ging auf den Abend und anscheinend auf eine Vorstellung zu, aber noch war der Platz leer, keine Schlangenfrau kam aus ihrem Zelt, keine Luftakrobaten ließen sich blicken.

Die Straße vor ihnen machte eine Kurve, dahinter lag die Grenze. Wir könnten hier Kaffee trinken, sagte der Taxifahrer und deutete mit dem Kopf auf eine Tankstelle, Sie sind sicher müde von der Reise. Aus irgendeinem Grund stürzte die Schriftstellerin sich geradezu auf dieses Angebot, als sei ihr der Abschied von F. unerträglich. Sie setzten sich mit ihrem Kaffee nach draußen, an einen kleinen Holztisch. M. erzählte von ihrem verschwundenen Zug, und beide nickten und erinnerten sich an die Zeiten, als es in jedem Waggon ein Raucherabteil gab und die Fahrpläne noch der Realität entsprachen. Der Taxifahrer erzählte, wie er viermal an Covid erkrankt war; das Virus, vermutete er, sei von einem globalen Schattenkabinett entwickelt worden, um die Alten loszuwerden, die zu lange lebten und den Staat zu viel Geld kosteten, und M. versuchte nicht einmal, zu widersprechen, zwischen ihnen herrschte offenbar schon die Sorte Solidarität, wie sie Gefährten auf einer langen Reise entwickeln, die wissen, dass ihre Wege sich so bald nicht trennen. Es entstand eine Pause, von der Art, in der gewöhnlich die Frage nach der Herkunft aufkommt, aber ihr Gegenüber umging das Thema und erkundigte sich stattdessen, wohin genau er sie in O. eigentlich bringen sollte.

M. hatte keine Ahnung, wohin genau, und gab das ehrlich zu. Vielleicht, schlug sie vor, wollen Sie mal anrufen und fragen, solange wir hier sitzen. Mein Akku ist fast leer, sonst würde ich die Adresse nachschlagen – aber ich dachte, Sie sind informiert. Anrufen – wen denn?, fragte der Taxifahrer und schüttelte den wolligen, dicht mit Zöpfchen bedeckten Kopf. Auf dem Weg zurück zum Bahnhof konnte die Schriftstellerin sich kaum beruhigen und entschuldigte sich immer wieder für das dumme Missverständnis.

Auf dem Bahnhofsplatz standen inzwischen genauso viele ausländische Taxis wie einheimische, aber noch immer war niemand da, um M. abzuholen. Sie ging an der Schlange entlang, beugte sich vor und schaute in die Autofenster, dann trat sie ein paar Schritte zur Seite und suchte ihr Telefon in der Tasche. Ihr neuer Bekannter hatte schon die nächsten Fahrgäste eingesammelt, aber ehe er losfuhr, winkte er ihr vom Steuer aus zu und hob beide Hände zum Himmel: Die Welt hat den Verstand verloren, hieß das, kein Wunder, wenn nichts funktioniert.

8

Anscheinend war gerade die nächste Regionalbahn angekommen, denn aus dem eingerüsteten Bahnhofsgebäude quoll wieder ein dichtgedrängter, gutgelaunter Schwall Menschen hervor, die genau zu wissen schienen, wohin sie gingen. Aus dem Telefon, das M. schon nicht mehr am Ohr, sondern in einigem Abstand hielt, ohne aufs Display zu schauen, kamen immer noch langgezogene Pieptöne, niemand nahm ihren Anruf entgegen, wahrscheinlich hatte man dort inzwischen umdisponiert und nur vergessen, sie zu informieren. M. ging noch eine Weile auf und ab, dann schloss sie sich, ohne zu wissen warum, dem Strom der Reisenden an und rollte ihren hellblauen Koffer in dieselbe Richtung wie alle anderen, immer noch auf das Freizeichen lauschend. Die Menge bog wie bei einem Festumzug geschlossen in eine breite Straße mit Geschäften und fröhlichen Cafétischen ein, dann zerfiel sie in Grüppchen und zerstreute sich. M. blieb stehen und sah auf ihr Display. Es war schwarz, unwiderruflich tot, niemand konnte ihr mehr die nötigen Anweisungen geben.

Sie folgte der kollektiven Bewegung und ging weiter die Straße entlang, vorbei an einem Park, an Firmenschildern, ihr Blick blieb an Fast-Food-Läden und an den Tellern fremder Leute hängen, die unter den Leinenmarkisen der Cafés saßen. Sie gehörte nicht mehr dazu, existierte nicht mehr – niemand wusste, wo sie steckte und was mit ihr los war, niemand konnte sie herbeizitieren und zur Ordnung rufen; Verpflichtungen und Zusagen, die ihr vor einer Stunde noch unumstößlich erschienen waren, hatten keinerlei Macht mehr über sie, und das alles war ganz ohne ihr Zutun geschehen. Die Schriftstellerin schritt aus, leicht geniert über das pausenlose Rattern ihres kleinen Koffers, dem es scheinbar egal war, wo er hinrollte, und sie registrierte im Gehen, wie ihr innerer Mensch allmählich aufhörte, zu toben und auf der Suche nach einem Ausgang gegen die Wände zu rennen, wie er langsam still und entspannt und zutraulich wurde und sogar mit einer gewissen Neugier die Fühler ausstreckte: Wie es wohl weitergeht?

Das Hotel tauchte wie von selbst vor ihr auf, wie in einem Traum, in dem du nicht ganz verstehst, wie du von diesem Schiffsdeck in das Klassenzimmer gelangt bist, zwischen Schränke voller Glasgefäße mit Präparaten, darunter auch eine in Spiritus eingelegte Ratte, deren desolates schiefes Grinsen exakt so aussieht wie das deiner Geschichtslehrerin. Es war ein ganz einfaches Hotel, es gehörte zu einer dieser Ketten, deren größter Stolz darin zu liegen scheint, die Reisende vergessen zu machen, dass sie eine gewisse Strecke zurückgelegt hat und an einem neuen Ort angelangt ist: Wo man auch hinfährt, überall erwarten einen das gleiche cremefarbene Sofa, die gleichen türkisblauen Bonbons in einer tiefen Schale, der gleiche flache, florlose Teppichboden und das gleiche Duschgel, das nebenamtlich auch als Shampoo dient. M. ging hinein, als wäre sie dafür geboren, wie ein Schatten durch gewundene Korridore zu gleiten und einer hilfsbereiten Kaffeemaschine ein Zischen und dann einen schwarzen Zaubertrank zu entlocken; sie bemerkte kaum, wie sie eincheckte und womit sie bezahlte, so unbedingt wollte sie schnellstens im Zimmer sein, sich auf den Rücken legen und spüren, dass sie endlich angekommen war. Immerhin hatte sie nicht vergessen, den Portier nach einem Ladegerät zu fragen – und hatte ohne jede Überraschung die Auskunft erhalten, dass derzeit alle Geräte an Gäste verliehen seien, mehr habe man leider nicht zur Verfügung. Heute kam alles so, wie es kommen musste, und dass M.s Telefon schwieg wie ein Eisloch, war offenbar eine zwingende Voraussetzung.

Von dem breiten Bett aus, wo sie jetzt lag, sah man, dass es draußen noch ganz hell war, und das war nicht im Mindesten überraschend: Warum hätte es auch dunkel werden sollen, der Tag dauerte immer noch an, er verlängerte sich teleskopisch, und der freie Platz darin ließ sich nach Wunsch füllen, nur dass sie keinerlei Wünsche hatte, weder klar umrissene noch flüchtige, wie ein Geruch oder Geräusch. Wenn sie den Kopf vom Fenster nach links drehte, sah sie harmlose Hotelzimmerkunst, die nur dank ihres Rahmens halbwegs solide wirkte: Über dem schwindsüchtigen Tischchen hing ein Stillleben – wächserne Lilien in einer Seifenblase aus Glas und Wasser –, an der Wand neben ihr ein verspieltes Delphinpärchen mit Entenschnäbeln. Erst kürzlich hatte M. eine interessante Geschichte über Delphine gehört, der sie unbedingt hatte nachgehen wollen, aber ihre Kräfte hatten wieder einmal nicht gereicht. Die Geschichte behauptete, dass Delphine in Wirklichkeit so etwas wie Hunde waren: Sie unterschieden sich angeblich kaum von den uns so vertrauten Haustieren, abgesehen natürlich von der Grundsatzentscheidung, die sie eines Tages getroffen hatten. Unter den einst an Land gegangenen Wasserwesen gab es nämlich auch solche, die ihre Meinung später revidiert hatten: Nachdem sie einige Zeit mit uns auf festem Boden umhergestreift waren und mit Lungen statt Kiemen die mühsame Überwasserluft geatmet hatten, waren sie kurzerhand umgekehrt, zurück nach Hause, in die Tiefe. Das war also machbar, und selbst M., die sicher war, dass es ein *Nachhause* nicht gab und nicht geben konnte, fand dieses Beispiel einer zweifachen Verwandlung – erst in *ein* anderes

Tier, dann in ein zweites, das mit dem Wesen vom Anfang so gut wie keine Ähnlichkeit hatte – beinahe tröstlich. Man konnte, hieß das, beiden Welten zugleich angehören, konnte ans Licht emporschießen und zwischen Wasser und Luft stehen bleiben und nicht mehr wissen, wer man einmal war. In M.s Fall kam Besinnungslosigkeit nicht in Frage, aber der Gedanke, dass es irgendwo glückliche Geschöpfe gab, die ihr Wesen radikal hatten verändern können, wirkte vage ermutigend.

Sie wollte etwas essen, aufstehen wollte sie nicht. So, wie sie jetzt auf dem Bett lag, war sie Teil der in diesem Hotelzimmer entstandenen Ordnung, zu der auch die zwei Paar Schuhe gehörten, die sie ordentlich mit der Spitze zur Wand abgestellt hatte, und die weißen Hemden, die auf Bügeln hinter der geschlossenen Schranktür hingen, und die drei Bücher, die auf der anderen Seite des Betts auf dem Nachttisch aufgestapelt lagen, als hätte sie vor, hier länger zu wohnen und nachts zu lesen. Man konnte sogar denken, dass das Zimmer, in dem M. sich befand, seinerseits so etwas wie eine Schublade in jemandes Nachttisch war, eine saubere und aufgeräumte Schublade: Der Inhalt war präzise organisiert, die Gegenstände sinnvoll angeordnet, so dass nichts aus der allgemeinen Harmonie ausscherte und mit einem schiefen Winkel oder einem Loch an unerwarteter Stelle die Seelenruhe störte. Außerhalb des Nachttischs bestand die Welt aus nichts als Löchern und Klüften, aus furchterregenden Materiewirbeln, Furcht und Zittern, Scham und Schuld, Tod und Verderben – Tod, wiederholte M. für sich, und Verderben, über die sie nicht die geringste Macht hatte. Nur hier, in der Schublade, die sich jederzeit schließen ließ, war ihr eine Art Atempause gewährt, und sie hatte vor, sie zu nutzen, koste es, was es wolle.

So lag sie ziemlich lange, dann – verwundert, dass ihr träger Körper ihr noch gehorchte – erhob sie sich mit einem Ruck, ging nach unten an die Rezeption und bat um eine Karte der Stadt F.; das hilflose Telefon ließ sie im Zimmer, wie einen Schirm, wenn kein Regen zu erwarten ist.

Von den im Internet gelisteten Besonderheiten der Stadt, die ihr Zuflucht gewährt hatte, waren ihr nur zwei in Erinnerung geblieben: das Grand Hotel Petuch und ein Museum, dessen Name ihr Kopf irgendwie schief und krumm wiedergab – Phantorama? Phantomata? Ein Museumsbesuch kam heute nicht in Frage, und an einem Grand Hotel hatte M. keinen Bedarf: Daran erinnerte bei jedem Griff in die Jackentasche die Schlüsselkarte in ihrer Hand.

Draußen im Wind rannte sie sofort zum erstbesten Imbiss, aus dem es nach Gegrilltem roch, und stand wenige Minuten später wieder auf der Straße, in den Händen ein pralles Päckchen Essen. Das Papier wurde schnell fettig und dunkel, während die Schriftstellerin, plötzlich bebend vor Gier, Tierfleischfetzen im Wechsel mit Salzgurken und welken Salatblättern daraus schlang, tiefer und tiefer tauchend, bis sie nur noch die Verpackung in der Hand hatte, feucht und leer.

An diesem Punkt hätte sie eigentlich sofort ins Hotel, in die Schublade, unter die Kapuze zurückkehren und endlich die Augen zumachen können, aber irgendein sinnloser alter Instinkt, eine Erinnerung ans Festland vielleicht, forderte, dass sie, da sie nun einmal an einem neuen, unbekannten Ort war, entsprechende Schritte unternahm. Was das genau hieß, wusste sie vorerst nicht, machte sich aber auf den Weg Richtung Zentrum, neugierig umherblickend und schnuppernd wie ein Hund an der Leine.

Das Grand Hotel Petuch erschien ganz von selbst vor ihr, ohne jede Anstrengung, als könnte man es gar nicht umgehen und alle für sie bestimmten Bahnen führten genau dorthin. Ganz hübsch war dieser Vogel Petuch im Festgewand, von einem satten Schokoladenbraun, all seine Fenster ummalt mit flammend roten Rahmen, wie Augen mit Kajal. Die Schriftstellerin schlüpfte unter seine Fittiche, ohne zu wissen, was sie suchte und ob sie es wirklich finden wollte – doch hier, das spürte sie gleich darauf, gab es nichts zu holen: Die Lobby wirkte praktisch und frisch, die Bar bot eine breite Auswahl gold- und preiselbeerschimmernder Spirituosen, die Treppe schwang sich mühelos empor, von den Wänden blickten mit verhaltenem Wohlwollen die Ölporträts fremder Ahnen auf sie herab, aber M. hatte ihnen heute nichts zu erzählen. Sie bestellte ein Glas Weißwein – irgendeinen Sinn musste es schließlich haben, dass sie hier war –, setzte sich an einen der Tische auf der Terrasse, streckte die Beine aus und betrachtete die Passanten.

Petuch – »Hahn« – war in dem Land, aus dem sie kam, eine Bezeichnung für Leute, die man im Gefängnis oder in der Zone »geduckt«, zu »Geduckten« gemacht hatte, und dieser Satz war für Menschen aus anderen Weltgegenden – so sie sich denn für seine Bedeutung interessiert hätten – in jeder Hinsicht übersetzungs- oder erklärungsbedürftig. »Zonen« nannte man die zahlreichen Lager, in denen Menschen einsaßen, die ein Verbrechen begangen hatten, und mit ihnen andere, die sich nichts hatten zuschulden kommen lassen, aber ebenso verurteilt worden waren und eine Strafe verbüßen mussten, für irgendetwas, was dem Geist des dortigen Staates widersprach. Es gab eine unüberschaubare Menge solcher Orte und solcher Menschen – gegen Gefängnis und Bettelsack ist keiner gefeit, sagte ein Sprichwort, beides konnte jedem blühen, es genügte, dass einer allein auf der Straße stand und protestierte, in den Händen ein weißes Blatt Papier, auf dem nichts geschrieben stand, woraus man folglich alles lesen konnte, einen Aufruf zum Ungehorsam zum Beispiel oder gar zum Sturz der Regierung. Irgendwo hatte M. einmal gehört, dass es in ihrem Land weitaus mehr Menschen gab, die schon im Gefängnis gesessen hatten, als solche, die im Besitz eines Auslandspasses waren, mithin in der Lage, zu sehen, wie andere Menschen in anderen Ländern lebten.

In der »Zone« also, wo es tausend ungeschriebene Regeln einzuhalten galt, existierte eine spezielle Kaste von Unberührbaren – das waren die »Geduckten« oder »Hähne«. Jemanden ducken hieß, ihn physisch auf die unterste Stufe der Gefängnishierarchie drücken, sogar noch tiefer, dorthin, wo keine Berührung und kein Gespräch mehr möglich waren. Dafür gab es ein eigenes Ritual: Der Unglückliche wurde entweder im Rudel vergewaltigt und galt fortan als gemeinsame Beute, als gemeinsamer Besitz, dessen Körper jeder benutzen konnte, wann und wie es ihm beliebte, oder man tauchte ihn kopfüber, mit dem Gesicht voran in einen Eimer Fäkalien, wodurch das Opfer für immer besudelt war, als ließen sich die Ausscheidungen des kollektiven Körpers nie wieder abwaschen. Zum Hahn werden konnte jeder, er brauchte nur denen zu missfallen, die im Lager das Sagen hatten, den sogenannten Dieben, oder eines der bizarren Verbote des Diebsgesetzes zu übertreten, das wichtiger und strenger als das allgemeine Recht war. Das Diebsgesetz besagte unter anderem, dass man von jedem zufälligen physischen Kontakt, jedem menschlichen Umgang mit einem Geduckten ebenfalls unrein wurde, als könnte der Aussatz von einem Körper zum anderen springen: Von da an war man suspekt und konnte jederzeit selbst ein Hahn, ein Nichtmensch, ein was auch immer werden.

Der Wein schmeckte leicht salzig, metallisch, wie aus einem Flachmann eingeschenkt – von Bouquet (blasser Schatten von fernen Früchten oder Honig) keine Spur, Salz und Kälte hatten alles andere verdrängt und herrschten jetzt unumschränkt in M.s Mund.

9

Die Zigarettenschachtel in ihrer Hand war lang und schmal wie ein kleiner Sarg. Der hellblaue, aufklappbare Deckel war natürlich großteils von einem in gedämpften Farben gehaltenen Bild der Trauer eingenommen: Eine Hand, vermutlich die einer Krankenschwester oder eines Bestatters, schickte sich an, einem jungen Toten ein weißes Laken übers Gesicht zu ziehen; da sieht man, wohin das Rauchen führt. Die Schriftstellerin M. hatte lange Zeit vorgehabt, einen Essay über diese Bilder zu schreiben, die sie neuerdings überall begleiteten. Sie beschäftigten sie so sehr, dass sie am Kiosk manchmal um eine andere Schachtel der gleichen Marke bat: mit dem Bild eines sportlichen jungen Mannes zum Beispiel, der deprimiert auf dem Bett lag, wozu die Bildunterschrift erläuterte, Tabakkonsum könne Impotenz verursachen. Manchmal gab es auch besorgte Säuglingsgesichter – ein Symbol für Unfruchtbarkeit; oder verwaiste Familien in Schwarz – was sie bedeuteten, war ja klar. All das war besser als die ebenso häufigen Großaufnahmen schadhafter Organe, schwarz angelaufener Finger oder nässender roter Geschwüre; diese Form der Beeinflussung war viel direkter, und dass sie funktionierte, sah man nicht zuletzt daran, wie konsequent M. solchen Bildern aus dem Weg ging und andere, nicht minder reale, aber gewissermaßen unanschaulichere Gefahren vorzog.

Die unerfreulichen Zigarettenschachteln schienen ihr der einzige Ort in ihrer jetzigen Welt zu sein, wo über Krankheit und Tod und deren Auswirkungen auf den menschlichen Körper offen und grob geredet und die erschreckende Seite des Daseins zur Schau gestellt wurde. In Patientenflyern und

Frauenzeitschriften kamen diese Dinge zwar vor, aber in taktvoller, ja tröstlicher Form – nur die Schrift durfte die unansehnliche, bedrohliche Realität berühren, nur das Kleingedruckte; illustriert waren die Texte dagegen mit schönen, traurigen Frauen und noblen alten Herren, denen auf dem Weg ins Grab anscheinend weder der Verstand noch die Würde abhandenkam. Der Schmerz und das Grauen der menschlichen Existenz waren nur noch auf Marlboro- und Lucky-Strike-Packungen präsent: Wer sie kaufte, stand der zivilisierten Welt scheinbar per definitionem so fern, dass man deren grausiges Innenleben nicht mehr vor ihm zu verbergen brauchte; im Gegenteil, nur diese Seite sollte er sehen, als Mahnung an die unausweichliche Strafe für seinen unvernünftigen Umgang mit dem eigenen Leben. Das Ganze erinnerte entfernt an alte Kirchenfresken, auf denen die Körper und Seelen der Sünder auf tausenderlei ausgeklügelte Arten gefoltert wurden, ohne dass die guten Christen viel Mitgefühl für sie empfanden, es sei denn, sie hatten sich selbst insgeheim etwas vorzuwerfen. Die neue, säkulare Welt war da rationaler eingerichtet, hier wurden die düsteren Prognosen direkt und ausschließlich den Sündern präsentiert, denn wer außer ihnen sollte je die Bilder auf einer Zigarettenschachtel studieren? M. zog endlich eine Zigarette aus der Packung und knetete sie zwischen den Fingern; worauf sie wartete, war unklar.

Es war Freitag, Sommer, irgendwie spürte man die Nähe des Meers, vielleicht an einer kaum merklichen Spannung der Luft. M. fühlte sich benebelt, schlaftrunken. Niemand auf der Welt oder zumindest in F. ahnte, wer sie war, niemand konnte ihr etwas vorwerfen, und sie war entschlossen, diesen ihr zugefallenen Zustand so lange wie möglich andauern zu lassen. Für die Leute, die potenziell an ihrem Schicksal interessiert waren, sich über ihr plötzliches Verschwinden sorgten oder aufregten, war sie außer Reichweite, und sogar bei sich selbst weckte sie in diesem Moment kaum Skepsis, nur schläfriges Wohlwollen. Zum ersten Mal seit wer weiß wie langer Zeit dachte sie nicht mehr daran, wo sie herkam und warum das wichtig war, selbst an das Untier dachte sie kaum, als wäre sie gar nicht sie, sondern eine andere, unbeteiligte Person. In ihrer Kindheit war der Esstisch nur an Feiertagen mit einem gestärkten Tischtuch gedeckt worden, zu Silvester oder zum 1. Mai; an gewöhnlichen, solcher Ehren nicht würdigen Tagen lag eine gemusterte Wachstuchdecke darauf, der Marmeladen- oder Suppenflecken nichts ausmachten. Im Lauf der Zeit bekam die glänzende Oberfläche immer mehr Schrammen und Schnitte, die dazu reizten, sie zu befühlen und weiter aufzukratzen, wenn man gedankenverloren am Tisch saß. In diesen Vertiefungen landeten oft kleine Brotkrümel, die dann ewig dort blieben und allmählich trocken und steinhart wurden. Nichts konnte ihnen etwas anhaben, niemand suchte sie dort, und nur beim großen Hausputz, wenn alles gewischt und ausgeschüttelt wurde, ging es auch den Krümeln an den Kragen – aber das war weit weg.

Ein feiner Nieselregen setzte unvermittelt ein und hörte wieder auf, M. saß noch immer auf ihrem Platz.

Aus irgendeinem Grund war sie beim Anblick des sommerlichen Publikums, das an ihr vorbeiflanierte, mit jenem ungezwungenen Gang, den Menschen in Küstennähe oft haben, all der Sommerkinder mit Eiswaffeln und ihrer Eltern, die sich über die Kinderköpfe hinweg unterhielten, bei allem Genuss also an der Stille, die in ihrem Kopf endlich eingetreten war, gleichzeitig unruhig, sie versuchte, sich an etwas zu erinnern, das sie unmittelbar anging, und schließlich kam sie darauf: Es war eine Erzählung, die vor vielen Jahren so tiefen Eindruck auf sie gemacht hatte, dass sie nie wieder darauf zurückgekommen war – zu gut hatte sie sich die Moral der Geschichte gemerkt. Sie handelte von einer erfreulichen, verheißungsvollen Reise; ein Professor für Linguistik, spezialisiert auf die Dialekte und Varianten des Arabischen, kommt für eine Woche in einen Ort am Rand der Wüste, den er von einem Besuch vor etlichen Jahren in wärmster Erinnerung hat. Die Geschichte geht sozusagen von der Nase aus, der Linguist schwelgt in den exotischen Gerüchen, die er auch damals so genossen hat: gegrilltes Fleisch, Dung, ein Wind aus unklarer Richtung, in der Hitze faulende Früchte. Im Weiteren springt sie aber – wie nicht anders zu erwarten – schnell zur Zunge, zum Zungenreden: Der Cafébesitzer, den der Professor als seinen Freund betrachtet hatte, ist gestorben oder verschwunden, an seine Stelle ist ein anderer getreten, ein missmutiger, irgendwie unangenehmer Mann, der auf das fließende Arabisch des Professors mit ein paar Brocken in schlechtem Französisch antwortet. Das wäre der Moment, um ins Grand Hotel Saharien zurückzukehren und in komfortabler Umgebung seine Enttäuschung zu verarbeiten. Doch der Gast lässt nicht locker, er will wenigstens einen Teil des touristischen Programms mitnehmen, das er sich so präzise und mit so viel Sachverstand ausgemalt hatte. Eher widerwillig führt der Unbekannte ihn also über Brachen und Hinterhöfe bis zu einem Nomadenlager, wo angeblich irgendwelche seltenen, bei Sammlern begehrten Handarbeiten aus Kameleuter zum Verkauf stehen, und überlässt ihn dort seinem Schicksal. Die Wüstenbewohner, die keine Ahnung haben von den Verdiensten des Professors und davon, mit welchem Vergnügen er ihren Dialekt mit ihnen spräche, überlegen nicht lang: Ehe er noch ein Wort sagen kann, fesseln sie ihn wie ein Schaf und schneiden ihm mit geübtem Griff dicht an der Wurzel die Zunge ab, und als sie am nächsten Tag ihre Zelte abbrechen, beginnt für den Linguisten ein vollkommen anderes, unerwartetes Leben.

Von nun an besteht seine Aufgabe darin, seine neuen Besitzer zu unterhalten, zu tanzen und zu brummen wie ein Bär an der Kette und sich mit furchterregendem Gebrüll auf die Frauen des Stammes zu stürzen, womit er ihnen viel Freude macht. Er lebt in einem Nebel aus Schmerz und Besinnungslosigkeit und weiß längst nicht mehr, wer er ist und wo er herkommt. Sein Handwerk beherrscht er immer besser, man beginnt ihn als lohnende Erwerbung zu sehen, ja als Ware, die sich weiterverkaufen ließe. Und so geschieht es auch, viele Werst und Tagesmärsche weiter: Irgendwo in einer Siedlung, in einem von Steinmauern eingefassten Haus wird der Professor von Hand zu Hand einem geschätzten Käufer übergeben. Aber etwas geht schief, vielleicht hat der Wind ein paar französische Worte in den geschlossenen Innenhof getragen, und auf einmal weigert der *Hahn* sich, zu tanzen und zu schreien, er weiß selbst nicht warum. Die Einzelheiten des blutigen Handgemenges, das dann folgte, hatte M. längst vergessen, aber sie wusste noch genau, wie die Sache endete. Der Mann, der einst viele Sprachen beherrschte, kann sich aus dem Haus, wo er festgehalten wurde, befreien, niemand hält ihn auf. Er findet sich auf einer leeren Straße wieder, im Sonnenuntergang, und die gleichgültigen Betrachter können sehen, wie der Irre sich unter Sprüngen und Verrenkungen entfernt, wie er immer kleiner wird, während er zurück in die Wüste galoppiert, weiter und weiter weg von dem, was einmal seine Welt war und es nicht mehr ist.

Es war schwer zu sagen, was die Geschichte des Linguisten mit der der Schriftstellerin M. zu tun hatte, die nie besonders gut darin gewesen war, wie eine Spottdrossel artistisch von einem Idiom zum anderen zu wechseln. Auch eine Schriftstellerin war sie in letzter Zeit, wie wir wissen, ja nur noch dem Namen nach, sei es, weil ihre Zunge ihr nicht mehr gehorchte, sei es, weil sie selbst nicht über sie gebieten wollte. Das lag sicher nicht an einer plötzlichen Abneigung gegen ihre Muttersprache, die letztlich keine Schuld trug: Sie war so wehrlos, dass buchstäblich jeder sie dazu bringen konnte, sich mit garstigen Glöckchen behängt im Kreis zu drehen und das wilde Tier zu geben. Schließlich geschah ihr das nicht zum ersten Mal, und es geschah nicht ihr allein: Auch andere Sprachen hatten Blutergüsse und Narben, schartige Metallstücke unter der Haut, Spuren dessen, wie ihre Vorbesitzer sie behandelt hatten. Nein, der Sprache Vorwürfe zu machen hatte keinen Sinn und war außerdem ungerecht; sinnvoller war es da schon, sich selbst zur Rechenschaft zu ziehen, aber auch das tat M. nicht – oder vielmehr kam die Rechnung ganz ohne ihr Zutun, wie bei jener Frau, der Nacht für Nacht das Tuch gebracht wurde, mit dem sie vor Jahren ihr Kind erstickt hatte, und an dieser Regelmäßigkeit konnte man erkennen, dass sie in der Hölle lebte. M. hatte mit dem Tier nie etwas gemein gehabt, zumindest war es ihr früher so vorgekommen, aber da das Tier immer größer wurde und mittlerweile alle umschloss, die je auf dem Gebiet des Landes gelebt hatten, in dem M. geboren war und bis vor kurzem abends eingeschlafen und morgens aufgewacht war, sowie alle, die in jener Sprache redeten und schrieben, die auch M. als die ihre betrachtete, hieß das wohl, dass das Tier und sie identisch waren. Das heißt, sie war natürlich sie selbst, aber sie war auch das Tier; mal sie selbst, mal

Tier, und manchmal bemerkte sie, wie einem ihrer Gesprächspartner eine Art Schauer über Gesicht und Schultern lief: Dann wusste sie, dass man in erster Linie das Tier in ihr sah.

Ändern ließ sich daran anscheinend nichts, nicht einmal für jene mit ihr nicht zu vergleichenden Menschen, die – so klein sie aus der Ferne auch wirkten – dem Tier plötzlich furchtlos entgegentraten, mit bloßen Händen. Das Tier wurde, nachdem es sie gefressen hatte, jedes Mal größer und stärker, ihre Kühnheit aber machte ihren Landsleuten exakt bis zu dem Moment Mut, in dem die Helden krachend zermalmt und in einen Teil des kollektiven Organismus verwandelt wurden – Anschauungsmaterial, lebendes Bild oder bereits *nature morte*, die klarmachte, dass es keine Hoffnung gab. Der einzige Weg, das Tier loszuwerden, war folglich, sich selbst loszuwerden oder zumindest ein für alle Mal den Mund zu halten, um nicht versehentlich mit seiner Stimme zu sprechen. Und obwohl M. theoretisch einiges einzuwenden hatte gegen diesen schlichten Gedanken, waren ihre Hände und ihr Körper, von der Zunge zu schweigen, neuerdings so stumm, als hielten auch sie jedes Sprechen für falsch.

Nur heute, heute

10

nur heute stand M. aus purem Zufall plötzlich außerhalb ihrer eigenen, klar vorhersehbaren Bahn, wie das im Zug vergessene vegetarische Sandwich, das vielleicht immer noch weiterfuhr oder sogar einen Esser nach seinem Geschmack gefunden hatte. Der Wind wehte etwas Kleinteiliges, Rosafarbenes, Leichtes über den Asphalt, es waren japanische Kirschblütenblätter, keine echten allerdings, sondern aus Papier, die Tüte lag ein Stück weiter auf dem Boden. Nicht dass die Schriftstellerin sich plötzlich wie etwas ganz anderes, Unerwartetes gefühlt hätte, aber ein Teil von ihr war entweder betäubt oder fürs Erste einfach verschwunden, als hätte man ihr eine Last abgenommen, oder den Kopf oder wenigstens den obersten Teil des Kopfes, durch den auf einmal ein junger kalter Luftzug strich. Es wird uns daher kaum überraschen, dass M. sich nun auf eine Weise verhielt, die für sie untypisch war, als wäre sie gar nicht sie selbst. Folgendes geschah: Als zwischen all den Passanten, die ihr fremd und so gut wie gleichgültig waren, ein vage bekannter, dann immer deutlicher erkennbarer Rücken auftauchte, stand sie sofort auf und folgte ihm, ohne zu wissen warum, genau wie jene französische Künstlerin es getan hätte, frei von Schuld, Scham, Verlegenheit, Unsicherheit und allem übrigen geistigen Gepäck.

Der Mann mit den Haarklammern – ab und zu blitzte eine davon in der Sonne auf, sie waren alle an Ort und Stelle und hielten die blonden Haare streng beisammen – bewegte sich mit ausgreifendem Gang; er hatte etwas von einem Sportler, einem Hochspringer oder Tennisspieler, der eben sein Training beendet und geduscht hat und jetzt mit derselben Präzision einen Fuß vor den anderen setzt, mit der er einen Volley spielt. Die umsichtige M. hielt sich in einigem Abstand von ihm, aber die Straße zog sie beide vorwärts, als wäre sie ein Fluss mit kleinen Stromschnellen und Strudeln, bald tauchte eine Kreuzung auf, bald ein Schaufenster mit Büchern, und die Distanz zwischen ihnen wurde mal größer, mal kleiner. M. bremste ab, wechselte die Straßenseite, zündete sich eine Zigarette an, wie ein richtiger Spion, sie gab sich Mühe, diskret und unauffällig zu sein, und ihr etwas zwielichtiges Spiel machte ihr zunehmend Spaß.

Hätte sie Zeit gehabt, sich zu besinnen, wäre ihr natürlich klargeworden, wie dubios ihr Verhalten war, sie hätte sich gefragt, was sie von dem Mann wollte, einmal abgesehen vom ausgiebigen Anblick seiner Schulterblätter und Hände, und wie sie sich das alles im Nachhinein selbst erklären würde. Aber die gemeinsame Bewegung und die notwendigen Vorsichtsmaßnahmen lenkten sie von solchen, ja überhaupt von allen Gedanken ab, stattdessen registrierte sie, dass er tatsächlich vor kurzem geduscht und sein frisches T-Shirt gegen ein anderes, identisches getauscht hatte, dass er große Schritte machte und dass sie nicht wusste, wo er hinwollte. Die Stadt um sie herum lichtete sich unmerklich, der Gegenstand ihres Interesses steuerte nicht, wie man hätte erwarten können, Richtung Uferpromenade, sondern Gott weiß wohin, Schaufenster und Cafés lagen längst hinter ihnen, jetzt gingen sie durch leere Straßen mit parkenden Autos, unter Balkonen mit Sonnenschirmen und Blumenkästen, dann hörte auch das auf, und es begann ein etwas ärmlicher Vorort mit Brachflächen an jeder Straße, an einer Kurve weiter vorn tauchte eine Tankstelle auf, dahinter Lagergebäude und Blechgaragen; M. ging, so langsam sie konnte, sie trottete in weitem Abstand hinterdrein, ohne sich zu fragen, ob sie noch lange gehen musste und was danach kam. Es war niemand unterwegs außer M. und dem Mann mit den Haarklammern, sie bildeten eine kleine Prozession. – In der Ferne stand auf einem grünen Hügel ein weißes Gebäude, vielleicht ein Hotel oder Krankenhaus, rechts davon, etwas näher, zeichneten sich staubige Zeltdächer, Wagen und Wohnmobile ab, auf einem flatternden Transparent stand »Zirkus Peter Cohn«. So weit war sie also gegangen: Nicht zum ersten Mal an diesem seltsamen Tag stand sie wieder an einer Stelle, wo sie schon einmal gewesen war, als wäre sie eine Schachfigur, die jemand eine Weile in der Hand hin und her gedreht und dann auf ihr Feld zurückgestellt hat.

Und da geschah es, genauso wie sie es sich immer wieder ausgemalt hatte: Der Gegenstand ihres Interesses, der sich die ganze Zeit nicht darum gekümmert hatte, was um ihn herum geschah, blieb plötzlich stehen, drehte sich zu M. um und stürmte so ungehalten auf sie zu, dass er die fünfzig Meter, die sie trennten, im Nu zurückgelegt hatte.

Es war jetzt noch deutlicher, wie groß er war, seine Augen waren hell und unfreundlich, und er benahm sich, als hätte sie versucht, ihm das Portemonnaie aus der Hosentasche zu ziehen, und er hätte ihre Hand gepackt und ließe sie jetzt nicht mehr los. Er beugte sich sogar leicht nach vorn, um sie vollends einzuschüchtern, und M.s Leichtsinn und Übermut waren auf der Stelle verflogen. Was mache ich hier, o mein Gott, stöhnte etwas in ihr, und im selben Moment stellte der Mann ihr die Frage, auf die sie gewartet hatte: »Wieso laufen Sie mir nach, was wollen Sie von mir?«

11

Die Schriftstellerin wich zurück, ihr innerer Mensch zitterte und wisperte wie ein Busch im Wind, ihre äußere Hülle dagegen tat etwas Unvorhergesehenes, sie legte würdevoll den Kopf zurück und sagte langsam, auf Englisch, sie verstehe nicht, was er meine, aber wenn er es unbedingt wissen wolle, sie sei auf dem Weg zum Zirkus Peter Cohn – und dabei deutete sie mit einer Kopfbewegung zu den Zelten und Lastwagen hinüber. Die hellen Augen musterten sie noch eine halbe Minute, dann sagte der Mann mit den Haarklammern trocken: Okay, my apologies, machte kehrt und ging davon, sah sich aber noch ein paar Mal misstrauisch um.

Es blieb ihr nichts anderes übrig, sie musste den Weg zum Zirkus einschlagen, der leer und verlassen dalag, obwohl die bunten Plakate eine Abendvorstellung ankündigten. M. konnte sich kaum erinnern, wann sie zuletzt im Zirkus gewesen war; die dressierten Tiere, die schwerfällig über kleine Hocker schwankten oder gehorsam mit der Schnauze auf Zahlen tippten, die ihnen nichts bedeuteten, lösten ein beklommenes Frösteln bei ihr aus, Clowns fand sie öde und unheimlich, allenfalls für die Akrobatin im Paillettenkostüm, die sich unter der Kuppel um ihre Achse drehte, empfand sie eine Art respektvoller Solidarität. In ihrer Kindheit war das natürlich anders gewesen, aber was sich seither in ihrem Gedächtnis festgesetzt hatte, war nicht der Zirkus selbst, sondern ein alter Film über einen Zirkus, in dem eine ausländische Diva einen Stepptanz vollführte und aus einer Kanone auf den Mond flog, und dann streifte sie die schwarze Bubikopf-Perücke ab und schüttelte das treuherzige strohblonde Köpfchen.

Der Film war Mitte der dreißiger Jahre gedreht worden, im dichtesten Dickicht von Festnahmen, Erschießungen, Lagerhaft, und er endete in allgemeinem Jubel: Auf der Zirkusarena erhebt sich ein riesiger Aufbau in Form einer Hochzeitstorte, und auf jeder der strahlend weißen Etagen schwenken junge Sowjetbürgerinnen in kurzen Turnhosen die Arme und Beine. Das kollektive Wogen verkündete neues Leben, neues Glück, das war auch ohne eine erklärende Bildunterschrift klar. Irgendwo in ihrer verlassenen, abgeschlossenen Wohnung bewahrte M. ein Foto auf, das sie geerbt hatte, es zeigte eine ihr unbekannte Person, vielleicht eine entfernte Verwandte, die im Garten einer Datscha in der Hängematte lag, den Kopf im Nacken, die schönen, üppigen Arme weit ausgebreitet. Auf der Rückseite stand »Sommer 1938«, weiter nichts – der schreckliche Sommer 1938. Ob der jungen Frau bewusst war, was um sie herum geschah – die krachend splitternden Knochen, der anschwellende blutige Brei –, konnte man nicht wissen, und ebenso wenig, wie das Jahr für sie selbst ausgegangen war, schließlich war das Untier damals gerade erst auf den Geschmack gekommen, sein Hunger war unersättlich. Ob das Untier von heute übrigens mit dem von damals identisch war oder nur dessen Artgenosse, war M. nicht ganz klar, aber die beiden verhielten und ernährten sich gleich.

Der Teufel wusste, warum jeder Gedanke und jede Erinnerung sie schnell und unausweichlich wieder zum Tier und seinen Eigenheiten zurückführten. Letztlich war das einfach unhöflich gegenüber dem Rest der Welt, allem, was nicht das Tier war und an sich durchaus Aufmerksamkeit verdiente, zumal wenn es um Dinge wie Zirkus oder auch Ballett ging, deren ganzer Zweck darin bestand, die Zuschauer für kurze Zeit aus ihrem Leben herauszuholen, statt sie mit der Nase darauf zu stoßen wie einen Hund, der an der falschen Stelle eine Pfütze hinterlassen hat. M. hätte statt an diesen alten Film über das glückliche Leben des siegreichen Kollektivs auch an etwas Inspirierendes denken können, zum Beispiel an diesen anderen Film, in dem ein Engel einen Wanderzirkus besucht, sich in eine Akrobatin verliebt und bereit ist, ein gewöhnliches Menschentier zu werden, nur um bei ihr zu sein. Doch leider assoziierten Leute aus jener Gegend, in der die Schriftstellerin fast ihr ganzes Leben verbracht hatte, sogar ein klassisches Ballett, in dem ein Reigen von Schwänen in schneeweißen Röckchen die Hälse beugt und die geflügelten Arme ausbreitet, in erster Linie mit einem Machtwechsel an der Spitze des Staates.

Hinter der Absperrplane lag eine müde, verbrauchte Rasenfläche mit kahlen Stellen; das Kassenhäuschen war leer, obwohl bis zum Beginn der Vorstellung weniger als eine Stunde blieb. Neben einem Wagen weiter hinten machten Männer in blauen Overalls sich an einem undefinierbaren Gerät zu schaffen, dem sie abwechselnd unter den Bauch krochen; vor einer großen Bude stand eine lange, selbstgezimmerte Bank und davor eine Blechdose mit Kippen, auf der Bank saßen zwei junge Frauen unklaren Alters, die sich in kurzen Abständen vorbeugten und leichte Zigarettenasche in die Dose abstreiften. M. setzte sich ans andere Ende, um zu signalisieren, dass sie keinen Anschluss suchte, zündete sich auch eine Zigarette an und betrachtete die länger werdenden Schatten.

Aus dem Augenwinkel beobachtete sie natürlich auch ihre Banknachbarinnen, die stumm vor sich hin starrten, als wäre zwischen ihnen alles abgemacht und nichts mehr zu besprechen. Die eine, die näher bei ihr saß, drückte mit ihrer ganzen Haltung eine Art schal gewordenen Protest aus, die resignierte Bereitschaft, der Weltordnung in jedem Moment knallhart Paroli zu bieten. Sie mochte fünfundvierzig oder auch dreißig sein, M. hatte seit langem verlernt, das Alter von Menschen zu schätzen, alle um sie herum schienen ihr wesentlich älter oder jünger als sie selbst, als befände sie sich an einem Punkt auf der Zeitskala, mit dem sich von außen keine Übereinstimmung erreichen ließ. Die Frau war klein, hatte kurze Haare, eine spitze Nase und trug Trauben von Piercings in den farblosen Augenbrauen, besonders neugierig machten aber ihre Beine in den hochgekrempelten Shorts: von den mageren Knöcheln aufwärts war die Haut, so weit das Auge reichte, von einem seltsamen Tattoo bedeckt, wie M. es noch nie gesehen hatte. Die Zeichnung war lückenlos, wie eine Strumpfhose mit raffiniertem Spitzenmuster, und stellte eine dichte Behaarung dar, die sich in großen Kringeln höher und höher Richtung Leiste zog, so eng gefügt wie das Schuppenkleid einer Nixe.

Vor Jahren hatte M. einmal eine mittelalterliche Skulptur über einem Torbogen irgendwo in Deutschland gesehen; was die Figur symbolisierte, wusste sie nicht mehr. Vielleicht war es eine Waldfrau, die sich da räkelte, so ungeniert, dass es die reine Freude war: Weder ihre Nacktheit schien sie zu stören noch ihre ganz von lockigem Pelz bedeckten Beine, für die sich eine sterbliche Zeitgenossin geschämt hätte. Beinhaare waren ja gewissermaßen eine Fortsetzung dessen, was man *Scham* nannte und gemeinhin unter Kleidern versteckte, wie ein wildes Tier, ein Fuchsjunges zum Beispiel, das sich jederzeit losreißen und alle beißen konnte.

M. erinnerte sich an die alte Geschichte von König Salomo und der fremden Königin, die von weit her aus dem Süden kam, um von seiner Weisheit zu lernen. Der König hatte naturgemäß andere Pläne mit ihr, er wollte sie zuallererst zähmen, sie Scham und Schmach, Furcht und Zittern lehren, damit sie nicht zu hochmütig wurde. Zu diesem Zweck wurde in einem der Gemächer des Palasts eine Art Bassin eingerichtet und mit einer klaren, stabilen Glasplatte bedeckt, unter der Goldfische wirbelten, Karpfen die Augen aufrissen und Wasserpflanzen schwankten. Als Königin Belkis, feierlich an Salomos Arm einherschreitend, plötzlich am Rand des tiefen Wassers stand, schürzte sie mit schnellem Griff ihre Röcke, damit sie nicht nass wurden – das hätte wohl jede von uns getan. Und so wurde sicht- und ruchbar, dass ihre Beine haarig waren, und das war für zahlreiche Gelehrte Grund genug, ihr auch Eselshufe anzudichten, wie bei einem Dämon, sowie wahllose Liebschaften und das Verlangen, jedem erstbesten Jüngling nachzulaufen, der ihr gefiel, in niedrigster Absicht. Vor allem aber hatte sie sich in den Augen des Königs verraten und vor jedermann ihre animalische, tierische Natur entblößt, wonach sie kein Recht mehr hatte, den Thron mit ihm zu teilen oder von Gleich zu Gleich mit ihm zu sprechen.

So teuer bezahlte sie am Ende für ihren Wunsch, bei jemandem, über den sie viel gehört hatte, in die Lehre zu gehen – und umso angestrengter waren Frauen aller Zeiten fortan bemüht, den schändlichen Wildwuchs so gründlich zu entfernen, als hätte es ihn nie gegeben. Die Waldfrau in ihrer zottigen Nacktheit war insofern nicht nur eine Ausnahme von der Regel, sondern das Emblem einer bedrohlichen Fremdheit; sie selbst schien das aber nicht zu kümmern, sie war mit sich und der Welt zufrieden, anders als viele von uns.

Die Schriftstellerin M. hatte Gefallen gefunden an diesem Gedanken, deshalb bemerkte sie nicht gleich, dass am anderen Ende der Bank eine halblaute Unterhaltung in Gang gekommen war und dass sie diese Unterhaltung mühelos verstand. Es sprach die zweite, jüngere der beiden Frauen, während die mit den tätowierten Beinen schweigend zuhörte; über dem festgebackenen Boden wippte ein grüner Flipflop.

Er sagt, ohne Löwe ist unsere Nummer gestorben, reine Benzinverschwendung, sagte die zweite. Also, er hat natürlich Verständnis, es tut ihm leid für mich, blabla. Aber die Abmachung war mit Löwe, und der Löwe steht im Vertrag. Es ist zwei Wochen her, sagt er, dass wir den Löwen begraben haben, und ein Ersatz ist nicht in Sicht, wir brauchen eine Lösung.

Was für eine Lösung, sagten die Beine trocken. M. sah nicht zu ihnen hinüber, aber sie hörte ein Feuerzeug schnippen und einen langen Zug an einer Zigarette.

Wetten, dass er schon Ersatz gefunden hat? Das musst du doch verstehen, oder, was wäre ein Zirkus ohne Zaubertricks? Eiskalt abservieren wird er uns, und die Ausrüstung halst er uns auch noch auf. Wohin soll ich mit dem Sarkophag? Ich habe nicht mal eine Wohnung. Das Geld für den letzten Monat kriegen wir wahrscheinlich noch, aber dann? Wird er mir vielleicht eine Ehrenrente zahlen für den Löwen?

Alles klar, sagte die mit den Beinen, es wurde wieder still. Jenseits der Absperrung fuhr in der Ferne ein Notarztwagen vorbei, die durchdringende Sirene war schnell verklungen.

Dabei hat er es mir versprochen, der Hund.

Cohn?

Nein, der werte Herr Loewy. Er wollte eine eigene Nummer für mich auf die Beine stellen, das hat er mir versprochen, drei Tage bevor er weggestorben ist. Damit ich nicht immer bloß mit dem Hintern wackeln und mich zersägen lassen muss: Er meinte, er bringt mir einen Trick von seiner Oma bei, eine Gedächtnisnummer, bei der ich im schwarzen Frack auf einem Kaffeehausstuhl sitze und errate, wer im Publikum grade an welche Karte denkt.

Beide schwiegen einen Moment, nur der Kies knirschte unter den Füßen der einen, die jetzt vor der Bank auf und ab ging. Sie war groß und was man so stattlich nannte, hatte stark vorgewölbte Augen und ebensolche Lippen, unter ihrem Rock erhoben sich wie Baumstämme zwei kräftige Beine, und der dicke Zopf lag königlich um den Kopf, nur das Gesicht wirkte ein wenig verquollen oder konturlos, obwohl ihm zwei ausdrucksvolle, bohrend blickende Augen aufgetuscht waren.

M. hatte dem Gespräch aufmerksam gelauscht, zumal es wundersamerweise in ihrer Muttersprache geführt wurde, trotzdem begriff sie erst jetzt, dass sie sich wohl verhört hatte, der Löwe war anscheinend kein afrikanisches wildes Tier, sondern ein teurer Toter vom Stamm der Menschen, Loewy sein Name. Irgendein entscheidendes Detail am Anfang des Gesprächs musste ihr entgangen sein; umso angestrengter versuchte sie jetzt zu verstehen, worum es ging, als hinge davon ihre Zukunft ab.

Wir würden problemlos klarkommen, wenn du mich fragst, sagte die mit den Beinen in einem Ton, als wüssten sie alle drei genau, womit. Die Mechanik ist simpel, und die Handgriffe von Loewy kannst du inzwischen bestimmt auswendig. Wir brauchen nur jemanden, der dich ersetzt, das ist alles. Stell dich nicht an, lass es uns wenigstens versuchen!

Das machen sie nicht, antwortete die Große gleichmütig, als hätte sie diese Möglichkeit in Gedanken schon viele Male erwogen und verworfen. Keiner wird das machen. Wieso auch? Zumal der Loewy nicht grade, na ja …

Stimmt, sagte die andere nach kurzem Nachdenken. Der Loewy war ein Streithammel.

12

M. sprach sie auf Englisch an, als wäre das in dieser Situation das Natürlichste, und so war es im Grunde ja auch. Auf die Sprachenfrage gab es keine zumutbare Antwort mehr; um ihr auszuweichen, blieb neuerdings nur das scheinbar neutrale, wohltuend sterile Englische – und falls irgendwer auch daran Zweifel hatte, dann hingen diese zumindest nicht mit dem Untier zusammen, an das Leute aus M.s Land sowie aus den Nachbarstaaten permanent dachten. Woher die zwei Frauen auf der Bank stammten, hätte M. nicht ohne weiteres sagen können, ihr eigener Mund hatte aber selbständig und ohne Rückfragen englische Sätze zu formulieren begonnen, und sie beschloss, ihn vorerst machen zu lassen. Entschuldigung, sagte der Mund, ich habe Ihnen zugehört – vielleicht kann ich ja irgendwie helfen, mich nützlich machen? Worum geht es denn, was ist Ihr Problem?

Vier verständnislose Augen starrten auf M., die innerlich abwinkte; ihr war klar, dass ihre Einmischung, gelinde gesagt, seltsam wirkte. Entschuldigen Sie, wiederholte sie, es war keine Absicht, ich habe einfach verstanden, worüber Sie sprechen. Was brauchen Sie denn, eine Assistentin für einen Trick?

Die mit den Beinen rammte ihre nicht fertig gerauchte Zigarette in die Dose, wandte sich frontal M. zu und musterte sie misstrauisch und zornig. Die Große schwankte kurz, zuckte mit den Schultern und stellte die vorhersehbare Frage: Wer sind Sie überhaupt? Und was machen Sie hier?

Ich will zum Zirkus, sagte die unternehmungslustige M., mein Zug ist ausgefallen, also wollte ich in den Zirkus gehen, zur Abendvorstellung. Aber wie es aussieht, findet sie nicht statt, warum eigentlich? Ich bin aus H. hergekommen, mein Zug ist ausgefallen, und ich habe gehört, hier gibt es einen Zirkus.

Die Frauen wechselten einen Blick und wurden plötzlich freundlicher, offenbar nahm die Absurdität der Situation sie mehr für M. ein, als die es verdiente. Doch, doch, die Vorstellung findet statt, versicherten die Beine, die Kasse öffnet um halb neun. Die Zuschauer hier wissen das schon, die kommen nicht eher. Unsere Plakate sind nicht aktuell.

Treten Sie heute auch auf?, fragte M., und dann sagte sie noch einmal, sie verstand selbst nicht, warum sie nicht lockerließ: Wie gesagt, wenn Sie eine Freiwillige aus dem Publikum brauchen, kein Problem, ich wäre bereit.

Die Große lachte auf und sah ihre Freundin an, wie um sie zum Mitlachen aufzufordern, aber es kam keine Reaktion. Die mit den Beinen musterte M. mit geradezu geschäftsmännischem Interesse, prüfte sie auf ihre physische Statur und unklare weitere Eigenschaften. Nie im Leben, sagte die andere auf Russisch, das packt sie nicht, und zu groß ist sie auch. Wir können es wenigstens versuchen, sprach die mit den Beinen nachdenklich, at least we can try. Würden Sie mal aufstehen und ein paar Schritte gehen? Haben Sie früher Sport gemacht?

Und schon saßen sie zu dritt auf der Bank beisammen – in Gesellschaft eines herrenlosen gelben Hundes, der sich in einiger Entfernung auf die Seite gelegt und die schläfrigen Pfoten ausgestreckt hatte – und berieten sich in einer Sprache, die für keine von ihnen die eigene war, es war nicht einmal die Landessprache an dem Ort, wo sie sich befanden. Irgendwann kamen sie auf die Konstruktion des geheimnisvollen Sarkophags zu sprechen, er musste inspiziert werden, um abzuschätzen, ob ihr Plan aufgehen und M. ihre Mission erfüllen konnte; sie umrundeten also das Zirkuszelt und bahnten sich einen Weg durch die Menge – überall standen jetzt Leute, drängten sich vor der Kasse, kauften Getränke und Brezeln am Kiosk –, und dann ertönte eine Trompete, fern und nah zugleich, seid aktiv und bereit, rief ihr Klang.

Der Sarkophag war riesig – ein enormes Trumm, das nichts glich als sich selbst; er ruhte auf zwei Böcken, und sein dunkler, gläserner Schimmer schien ein gefährliches Sommerzwielicht anzuziehen. An den Stirnseiten waren runde Öffnungen ausgesägt, zwei unten, eine oben; der Deckel klappte mit schnarrender Feder auf und legte ein samtiges Innenleben frei. Einsteigen bitte, sagte die jüngere der Frauen. Leg dich auf den Rücken, genau, die Schultern gerade, und jetzt zieh die Beine an, höher, höher, noch höher, super. M. rollte sich gehorsam zusammen wie ein Embryo auf einem Schaubild; sie staunte, dass ihr Körper so tat, alles wäre das alles ganz normal und machte ihm gar nichts aus. Und jetzt drehst du dich auf die Seite, aber den Kopf lässt du, wo er ist, schaffst du das? Der Körper ächzte und erledigte auch das, nur der Nacken wurde von dieser verknoteten Haltung allmählich taub. Wir schließen, meldete die Tätowierte. Der Deckel schwang leise klackend in die Ausgangsposition. M.s Kopf ragte aus der Öffnung im Sarkophag, nichts hielt ihn, nur der Schmerz. Die Mädchen ließen sich Zeit, sie überprüften etwas, probierten etwas, M. konnte nicht sehen, was dort los war. Ein Knall, ein Schnalzen, der Deckel kam wieder in Bewegung und klappte auf, die Schriftstellerin streckte sich genüsslich auf dem Plüschpolster aus und drehte ein paarmal den Kopf, um eine bequeme Position zu finden. Gar nicht so schlecht, sagte die Kurzhaarige irgendwo neben ihr, das kann funktionieren!

In dem halbdunklen Raum roch es nach Motoröl und Spiritus, in einer Ecke hingen Kleider in Plastikhüllen, ab und zu drangen Applaus und Gelächter herein. Ich rede mit Cohn, sagte die Große. Meinst du, er macht mit?, fragte die andere zweifelnd. Ich sage ihm nur, dass jemand einspringt, er fragt bestimmt nicht nach. Wir dürfen sie nur niemandem zeigen vor dem Auftritt.

M. wurde plötzlich wieder schläfrig, sie fühlte sich wie ein Luftballon an einem dünnen Faden, der mal herangezogen, dann zermürbend langsam wieder losgelassen wird. Die Decke, zu der sie strebte, war unerreichbar hoch, aber von dort oben, aus dem Dämmerlicht, konnte sie den weit geöffneten Bauch des Sarkophags und ihren eigenen Körper sehen, die angezogenen Beine, die schiefe, irgendwie rattige Kontur des Mundes. Sie hörte Frauen über ein Honorar diskutieren. Dann trat eine Stimme aus dem samtigen Dunkel hervor: Aufstehzeit, sagte sie munter, und M. begann sich zu regen in ihrer Kiste, sie ließ die Beine baumeln, bereit zum Absprung.

Gar nicht so schlecht, sagte die Kurzhaarige noch einmal, damit können wir arbeiten. Das Wichtigste ist, dass du nicht zappelst und die Beine auf jeden Fall fest angezogen hältst, so fest du kannst, verstanden? M. nickte und blinzelte schläfrig, ihr war so wohlig auf einmal, dass sie sich noch nicht ganz trennen mochte von dem Sarkophag; zudem hörte sie es draußen jetzt donnern – Applaus, dachte sie erst, bis sie begriff, dass es ein echtes Gewitter war, das sich dem Zirkus näherte und an den dünnen Wänden rüttelte. Also, schloss die Kurzhaarige, wenn du morgen kommst, proben wir nochmal und checken alles durch, danach treten wir gleich auf. Das ist unser letzter Abend, am Sonntag packen wir zusammen und fahren weiter, du musst nur morgen aushelfen. Aber jetzt sag mal, Mädel, woher und wieso kannst du eigentlich Russisch?

Die Frage, mit der sie heute nicht zum ersten Mal konfrontiert war, hätte einer ausführlichen Antwort bedurft, gerade jetzt und in dieser Gesellschaft. Aber M., die aus irgendeinem Grund nicht wissen wollte, wo ihre Gesprächspartnerinnen selber herkamen, als könnte diese Unwissenheit sie vor einer Schuld bewahren, die sie so oder so mit sich herumtrug, hielt auch diesmal die Luft an und schaute nur zu, wie ihr kühn gewordener Körper ganz ohne ihr Zutun verschiedene Optionen abwog und dann die leichtfertigste, phantastischste und, wie sich herausstellte, annehmbarste von allen auswählte. Ich bin aus dem Süden, sagte der Körper und deutete mit einer Kopfbewegung die ungefähre Richtung und Entfernung dieses Südens an, wir hatten Russisch in der Schule, als zweite Fremdsprache. Die Mädchen reagierten darauf, warum auch immer, weder misstrauisch noch alarmiert. Wie so viele, sagte die mit den Zöpfen gleichgültig, halb Europa versteht Russisch, auch wenn sie es nicht sprechen. Okay, willst du los oder wartest du das Gewitter ab? Du wolltest doch in den Zirkus, wir können dich reinbringen und dir einen Platz besorgen, das Programm bei Cohn ist ziemlich in Ordnung, lauter Profis. Du kommst morgen, ja? Lass uns bloß nicht hängen.

13

In der ersten Reihe direkt am Vorhang, in dieser wundersamen neuen Welt, der sie völlig egal war, fiel die Schriftstellerin M. endgültig in die Kindheit zurück oder aber aus sich selbst heraus, wie ein Schlüssel aus der Jackentasche: draußen Donner und horizontale Windstöße, drinnen nichts als Leuchten, Funkeln und Magie, die sie mit offenem Mund, die Fäuste gegen den Bauch gepresst, bestaunte. Ich weiß nicht mehr, was es im ersten Teil der Vorstellung gab, während sie noch ihren gläsernen Sarg anprobierte, im zweiten jedenfalls war es, als stünde die kleine, vierjährige M. endlich wieder vor ihrem Geburtstagstisch, mit Wunderkerzen und Limonade in dunkelroten Gläsern, und würde abwechselnd in die Hände klatschen und dem mütterlichen Universum dafür danken, dass sie so ein Glück hatte.

Zuerst kam eine große Blondine in juwelenbesetzter Corsage in die Arena und vollführte die tollsten Voltigierkunststücke auf dem Rücken eines weißen Pferdes, das so verlässlich wirkte, als wäre es gar kein Pferd, sondern ein kurzbeiniges, stabiles Sofa, das aus unerfindlichen Gründen im Kreis galoppierte, immer im Kreis, was seine Besitzerin aber nicht hinderte, ihre Posen einzunehmen und sich sogar quer auf seinen – des Pferdes – Rücken zu legen. Dann begann ein unscheinbarer Mann in Schwarz, der schönen Frau Kegel zuzuwerfen, die sie geschickt auffing und über ihrem Kopf tanzen ließ, während das Pferd artig in Schritt verfiel, damit jeder sehen konnte, wie gut das alles klappte. An diesem Punkt wurde das Licht gedämpft, es erklang ein Trommelwirbel, der Mann in Schwarz sprang herbei und zog dem Pferd ein Paar feste Scheuklappen über die Augen, um es nicht über Gebühr zu beunruhigen, und dann zündete er eine Handvoll echter Fackeln an und warf sie der Reiterin zu, und die fing sie auf und wirbelte sie durch die dunkle Luft, erst eine, dann zwei, dann drei, bis ein leuchtendes Feuerrad über ihr stand. Die Zuschauer aus der Stadt F. verabschiedeten sie mit einem Applaus, dass man dachte, etwas Schöneres kann gar nicht mehr kommen, aber das war erst der Anfang.

Als Nächstes kamen, Sie werden es nicht glauben, Löwen; M. dachte kurz, sie läge noch im Sarkophag und träumte – immerhin befand sie sich in einem zivilisierten Land, wo man den Einsatz von Tieren im Zirkus kritisch sah, selbst in der tiefsten Provinz; hier aber gab es leibhaftige, furchteinflößende Löwen mit mächtigen, unbezwingbaren Pranken, und wie sie brüllten, während der Dompteur von einem zum nächsten schritt und ihnen mal sitz!, mal platz!, mal spring! befahl, bis er schließlich – durchs Publikum ging ein unterdrücktes Stöhnen – sein zweireihiges Jäckchen auszog, sich vorbeugte und den Kopf geradewegs in den offenen Schlund des größten Tiers steckte; einen Moment hielt er so inne, dann zog er ihn wieder hervor, unversehrt. Hinreißend! Die Löwen liefen noch ein bisschen um die Manege wie aufgezogen, dann verschwanden sie samt Schwänzen und Mähnen, als wären sie wirklich ein Traumbild gewesen.

Das Spektakel weckte eine dunkle und doch plastische Erinnerung, als suchte sie etwas am Grund ihrer Handtasche, von der sie sicher wusste, was sie enthalten konnte und was auf keinen Fall (eine Giftschlange etwa oder die Hand eines Taschendiebs). M. war kurz davor, zu erkennen, wonach sie da in ihrem geistigen Fundus tastete, doch jetzt kam ein gazebestrumpftes Mädchen auf einem riesigen blauen Ball in die

Manege getänzelt, sie rollte lange hin und her und schwang die Hüften zu Geigenklängen; es blieb keine Zeit zum Überlegen. Auch die Luftakrobaten hatte M. noch vor sich, das entnahm sie dem Programmheft, das die Tätowierte ihr in die Hand gedrückt hatte, zusammen mit dem Ladegerät für das im Hotel liegengelassene Telefon, das sie ihr freundlicherweise auslieh. Artisten in der Zirkuskuppel, ein Kraftmensch, eine Gedankenlesenummer – das alles war unserer M. verheißen, und der Höhepunkt sollte der folgende Tag sein, an dem sie für kurze Zeit selbst ein unverzichtbarer Teil der Vorstellung werden würde, gewissermaßen ihr Herzstück.

Und sie bekam, was ihr versprochen war: Der Muskelmann im Trikot ging in die Hocke und richtete sich wieder auf, auf den Schultern eine Platte mit einem kompletten, dem Anschein nach tonnenschweren Oldtimer; die alte Frau mit der Stola um die Schultern rief Männer und Frauen aus dem Publikum zu sich und erzählte ihnen, wie sie hießen und wo sie geboren waren; die Luftakrobaten unter der Kuppel schillerten wie Goldfische, sie flogen vom Schatten ins Licht, von Trapez zu Trapez, und M. war so glücklich, als wäre sie gar nicht sie, sondern eine Dritte oder sogar Vierte. Der Gedanke, dass sie diesen ganzen Zauber nur träumte, ließ sie nicht los, aber als sie später im Gefolge einiger einheimischer Zirkusbesucher durch die feuchte, gesträubte Nacht zum Hotel zurücklief, wurden ihre Schuhe nass, und an den Sohlen blieb Erde kleben, was hieß, das alles war wirklich wahr.

Zudem fiel ihr endlich ein, wonach sie gesucht hatte, sie juchzte sogar kurz vor Freude: Es war, wie wenn man seit Jahren ein Bild überm Bett hat, auf dem ein dichter Wald und ein sonnenbeschienener Weg zu sehen sind, und immer hat man sich beim Einschlafen vorgestellt, man wäre mit einem Satz in diesem Bild gelandet und liefe einfach los, geradewegs durchs Unterholz, und hinter einem bliebe das leere Zimmer zurück, und niemand wüsste, wo und wer man ist. So ein Bild gab es auch in M.s Kopf, wie sich herausstellte: Kein Gemälde, auch kein Foto, sondern ein Buch, das sie vor langem gelesen und so gründlich vergessen hatte, wie man nur Dinge vergisst, die man sehr geliebt und restlos ausgeliebt hat. Aber jetzt lag das Buch in ihrem Kopf wieder offen vor ihr, als wäre eine Flügeltür aufgegangen und M. stünde auf der Schwelle.

Es war ein Kinderbuch in Versen, Teil einer sechsbändigen Serie über ein kleines Mädchen, das in Paris in einem katholischen Pensionat lebt, was sie jedoch nicht davon abhält, regelmäßig in die Bredouille zu geraten und die erstaunlichsten Abenteuer zu erleben. Auch in dieser Geschichte gab es ein Gewitter, ein gewaltiges, beängstigendes: Auf das Riesenrad, mit dem die katholischen Kinder bei ihrem Sonntagsausflug fahren, geht ein Sturzregen nieder. Das Riesenrad wird angehalten, die Mädchen werden in Taxis gesteckt, alle fahren zurück nach Hause – und erst dort wird klar, dass eines der Mädchen noch immer in einer kleinen gelben Kabine am allerhöchsten Punkt des Rads sitzt und mit ihr ein kleiner Pariser Junge, mit dem sie befreundet ist. Als die Nonnen in den leeren Lunapark zurückkommen, sind die Kinder natürlich nicht mehr da, und niemand weiß, wo sie stecken.

Im Hotelzimmer war alles an seinem Platz: die trockenen Schuhe an der Wand, das sinnlose Telefon, die blaue Tagesdecke, zu einer Welle aufgetürmt in der Mitte des Betts, wo M. vor einigen Stunden gelegen hatte. Niemand weiß, fuhr M. fort, als erzählte sie irgendwem eine Gutenachtgeschichte, dass das Mädchen und der Junge, die in der Kabine hoch am Himmel hingen, von Akrobaten aus einem Wanderzirkus gerettet wurden – sie haben sie aus dem Riesenrad geholt, sie mit zu sich genommen, ihnen etwas Heißes zu trinken gegeben, sie warm eingepackt und schlafen gelegt. Und am nächsten Morgen zog der Zirkus weiter, und die Kinder zogen mit und waren darüber sehr froh.

Und da Zirkusleute sich ihren Lebensunterhalt verdienen müssen, fand sich auch für das Mädchen und den Jungen eine Aufgabe, noch dazu eine sehr ehrenvolle: Die Zirkusdirektorin nähte ihnen ein Löwenfell, das ganz und gar echt aussah, und da schlüpften die beiden vor jeder Vorstellung hinein. Das Mädchen spielte die Vorderbeine des Löwen, der Junge die Hinterbeine, brüllen taten sie wohl im Chor, und so, als Löwe, reisten sie um die ganze Welt, badeten in Brunnen statt in der Badewanne, hatten vor nichts und niemand Angst und gingen nie, nie vor Mitternacht schlafen – da sieht man, was für ein Glück sie hatten.

Wie das Buch endete, überging M. stillschweigend; es war ein sogenanntes Happy End, mit Rückkehr nach Hause und warmer Milch vorm Zubettgehen – die Kinder hatten wohl nichts dagegen, die Zirkusleute waren zwar traurig, hielten aber tapfer an sich, und wäre ein *Nachhause* wirklich möglich gewesen, dann hätte die Schriftstellerin M. es den Figuren, die nicht ihre waren, mit Freuden gegönnt. Aber die sogenannte Wahrheit des Lebens, von der in ihrer Jugend viel die Rede gewesen war, bestand darin, dass man zwar vielleicht an den Ort zurückgelangen konnte, wo man hinwollte, dort aber mit großer Wahrscheinlichkeit kein Zuhause vorfand, sondern einfach gar nichts. Oder man wurde freudig empfangen und mit einem Glas warmer Milch zu Bett gebracht, doch in der Nacht verwandelten die Gastgeber sich in gestaltlose Zombies, die die Schlafende in Stücke reißen wollten – da sieht man, wie anders alles geworden ist in der Heimat, während man selbst sich wer weiß wo herumgetrieben hat. Kurzum, über die Rückkehr wollte M. gar nicht nachdenken, aber der Teil des Buchs, in dem der Zirkus auftaucht und wieder verschwindet, die Landesgrenze überquert und ins Blaue fährt, und das Mädchen und der Junge fahren mit, begeisterte sie heute so sehr, als würde sie sich diese Geschichte nicht selbst erzählen, sondern ihr mit angehaltenem Atem, die Finger um einen Zipfel der Bettdecke geklammert, lauschen.

Und damit schlief sie ein, im vollen Bewusstsein, dass das Ladegerät der tätowierten Zirkusfrau immer noch in ihrer Handtasche steckte, und die Handtasche lag auf dem Sessel, und der Sessel stand am Fenster, das tote Telefon dagegen hatte sie unverkabelt in der Schublade des Nachttischs verschwinden lassen, ohne das geringste Bemühen, ihre Verbindung zur Welt von gestern wieder herzustellen.

14

M. schlief und schlief und träumte nichts, nicht einmal den Traum, der jetzt so passend gewesen wäre – davon, wie sie ruhig ihr Auto durch den Stadtverkehr steuert, bis ihr plötzlich einfällt, dass sie ja gar keinen Führerschein hat und, falls man sie anhält, garantiert Ärger bekommt. Aber in dieser Nacht ruhte sie einfach nur aus, in einer samtigen schwarzen Röhre, die vage an den Sarkophag vom Vortag erinnerte, und war am nächsten Morgen munter und bereit zu Abenteuern und Ereignissen. Der neue Tag war sonnig, der gestrige Sturm hatte ihm die letzte Trübheit abgewaschen. Im Frühstücksraum war es voll, aber es fand sich ein Tisch am Fenster und eine Schale randvoll mit Haselnüssen, die man sich in die Haferflocken streuen konnte, gefolgt von einer Schicht weißem, säuerlichem Joghurt und, um das Glück perfekt zu machen, etwas Honig. M. war hungrig und klar bei Kopf; an ihr Telefon, das noch immer neben der Hotelbibel in der Schublade lag, dachte sie mit schmalen Raubtieraugen, wie an eine Gefahr, der sie mit List und Scharfsinn entgangen war.

Dass sie nicht einmal den Gedanken zuließ, einen Blick in jenes Leben zu werfen, in das sie doch, wenn nicht heute, dann sehr bald würde zurückkehren müssen, hatte etwas lustvoll Kindisches – so denkt man als junger Mensch an Suizid oder einen tragischen frühen Tod und malt sich aus, wie einen alle beweinen und sich Vorwürfe machen werden, weil sie nicht aufmerksam genug waren. Ihr gefiel die Idee, dass von allen Menschen, die sie kannte (und manche davon waren ihr nicht nur bekannt, sondern lieb und teuer), niemand sie in diesem

Moment erreichen oder sich auch nur vorstellen konnte, wo sie steckte. Dieses neuartige Gefühl – als wäre sie über einen unsichtbaren Zaun gesprungen und damit selbst unsichtbar und frei geworden – schärfte, so kam es ihr vor, ihre Grenzen und verlieh ihnen einen stählernen Glanz, ein Außenstehender hätte sich leicht daran schneiden können, sie aber hielt sich in einer klar umrissenen, sicheren Zone auf, und selbst das Wort Zone erzeugte in diesem Moment keine Unruhe. Alles lag auf einmal in greifbarer Nähe, sie war mit jedem Gegenstand durch die gleiche, leicht überwindbare Entfernung verbunden, und deshalb war es ganz egal, was sie tat oder nicht tat, weil noch die kleinste Tat, ein Brötchen mit Butter zu bestreichen zum Beispiel, von Gelingen kündete und bereits den nächsten Schritt verhieß.

Vor ihr lag ein endlos langer Samstag, immer der beste Tag der Woche: Was gestern war, ist schon ewig her, vor einem liegen viele Stunden Freiheit und dann noch ein ganzer, nagelneuer freier Tag. Als sie vor die Tür trat, holte der Seewind eben wieder Schwung und umarmte sie leicht; sie hatte den Tag über nichts zu tun, erst am Abend warteten ein Sarkophag, blendende Lichter und sogar Applaus auf die Schriftstellerin M., also schlug sie den Weg zur Uferpromenade ein, die sie immer noch nicht gesehen hatte, aber sehen musste, sie konnte schließlich nicht umsonst gerade in F. gelandet sein, das berühmt war für seine geographische Lage.

Doch da ihr neues Gefühl – des gelungenen Betrugs? – noch nicht gefestigt, sondern ein schwankender, grüner Trieb war, bewegte M. sich nicht mit dem gebieterischen Schritt eines Menschen, der über sich und seine Ziele Bescheid weiß, auch nicht auf die fließende Art des Flaneurs, der sich treiben lässt, sondern stockend, in unregelmäßigem Zickzack, und blieb vor jeder Straßenszene, jedem Werbeplakat, stehen, auf der Suche nach einem Hinweis oder einer Warnung.

An einigen Bushaltestellen warb zum Beispiel eine Druckerei oder Schreibwarenfirma mit farbigen Bildern eines Mannes mit Kinngrübchen, der vorwurfsvoll blickte, aber so, als hätte er noch nicht alle Hoffnung verloren und glaubte daran, dass man sich bessern könne. »Schreib! Dein! Buch!«, rief das Plakat, und die ungebundene, samstägliche M., die nichts zu schreiben wünschte, wandte jedes Mal den Blick ab, während die verkümmerte, fast schon abgestorbene Schriftstellerin in ihr sich durch ein unangenehmes Stechen in der Nackengegend bemerkbar machte.

An einem Kiosk, der Eiscreme verkaufte – *Eis*, wie man hierzulande sagte –, bildete sich eine Art Strudel: Leute, die Richtung Meer gingen, und solche, die von dort kamen, verlangsamten hier ihren Schritt und reihten sich in die Warteschlange ein. Direkt daneben standen zwei Verliebte, die nicht mehr die Kraft gefunden hatten, ein paar Meter zur Seite zu gehen, sie küssten sich andächtig und bissen zwischendurch abwechselnd von den rosa Kugeln in ihrem schlanken Waffelhörnchen ab. M. beäugte sie unverschämt ausgiebig, sie ging sogar eigens langsamer dafür – die beiden Süßen weckten eine gewisse Sympathie in ihr, auch wenn sie selbst das Gefühl hatte, dass derlei Dinge sie nicht mehr tangierten, die erotische Objektwahl und Tauschbeziehung ging sie nichts mehr an, und sie empfand darüber nichts als Erleichterung – als hätte man ihr eine alte Schuld erlassen, deren Ursprung im Nebel lag. Das hinderte sie nicht, die Passanten mit Augen, wenn man so will, der Liebe zu betrachten und hier eine Kopfhaltung, dort die Silhouette eines Rocks zur Kenntnis zu nehmen, aber diese Liebe war von gleitender, beiläufiger Art und lief letztlich auf schlichte Zustimmung hinaus; sie galt einem steinernen Brunnen mit windschiefem Wasserstrahl ebenso wie den Bewegungen und Formen ihrer eigenen menschlichen Artgenossen.

Drei davon standen gerade auf der anderen Straßenseite an einer Ampel; die zwei Frauen, eine alt, eine jung, in gemusterten Kleidern, die sich vage ähnelten – wie es schien, hatten sie sie soeben im selben Laden gekauft und sofort angezogen. Ihr ebenfalls junger Begleiter hatte ein Bärtchen von der Sorte, wie es jetzt alle trugen, als schriebe man noch immer das frühe 20. Jahrhundert, vor dem Einbruch der allgemeinen, endgültigen Katastrophe. Während M. zu ihnen hinübersah, beugte der Mann sich plötzlich vor und küsste rasch und zärtlich die Hand der älteren Frau, dann überquerten die drei die Straße und waren plötzlich verschwunden. Auch M. bog kurz entschlossen in eine Gasse ab, dann in eine andere, und stand unvermittelt vor dem Grand Hotel Petuch mit seinen flammend roten Fenstern und weißen Sonnenschirmen – was war dieser Hahn schwer abzuschütteln! Sie aber tat, wie ein Aufziehäffchen, exakt das Gleiche wie gestern: setzte sich an einen Tisch, bestellte ein Glas Wein und streckte die Beine aus zum Zeichen dafür, dass sie keine Eile und kein Ziel hatte.

Die Kellnerin trug einen prächtigen Pony, dicht und lang wie ein Islandpferd, und auf dem Stuhl gegenüber konnte man sogar die Beine ablegen, so war es vollends entspannt. Die Leichtigkeit und Milde, die M. beseelten, hatten etwas angenehm Jenseitiges, und sie fühlte sich gläsern körperlos, als könnte man ohne weiteres durch sie hindurch bis auf die Stuhllehne und die Decke mit dem Emblem des Petuch schauen. In jedem ernst zu nehmenden Roman oder Film hätte das bedeutet, dass sie auf ihrem Weg irgendwo unbemerkt gestorben war, vielleicht noch vor dem Halt in H., und die Hinweise auf diesen Umstand wären sorgfältig über die ganze Geschichte verteilt gewesen – die Schriftstellerin M. überlegte, welche Etappe ihrer Reise den besten Todeshintergrund abgab, fand aber nicht den optimalen Moment, es hätte jeder sein können, am spaßigsten wäre es gewesen, wenn sie gleich auf der Toilette des türkischen Cafés einem Schlaganfall erlegen wäre, und nur ihr hellblauer Koffer hätte die Besitzer irgendwann auf die Frage gebracht, wem er wohl gehörte und wo eigentlich diese Touristin von vorhin abgeblieben war. Sie nahm noch einen Schluck Wein und wechselte die Beinstellung, um es sich möglichst bequem zu machen.

Der Mann mit den Haarklammern in all seiner Pracht setzte sich neben sie, als wäre hier sein rechtmäßiger Platz, streckte sich und sagte: Ich dachte schon den ganzen Weg über, dass ich Sie gleich treffe.

15

M. wunderte sich weder über sein Erscheinen noch über seine unerklärliche Leutseligkeit, vermutlich waren derlei Gefühlsregungen in ihrer neuen posthumen Existenz nicht üblich, es war kein Platz dafür oder keine Zeit, und so schob sie ihr Weinglas, den Aschenbecher und den kleinen Zigarettensarg etwas zur Seite, um anzudeuten, dass sie nichts einzuwenden hatte gegen seine Gesellschaft und womöglich auch eine Unterhaltung. Das Mädchen mit dem Pony kam, nahm seine Bestellung auf und erklärte, das tue sie mit Vergnügen. Die neue Sprache war für M. immer noch wie ein fremdes Paar Schuhe, das sie notgedrungen angezogen hatte, wohl wissend, dass es ein paar Nummern zu groß und von seinem Besitzer auf einer ungewohnten Seite abgetreten war, aber das hatte auch Vorteile – als hereingeschneite Ausländerin konnte sie alles Gesagte wörtlich nehmen, und so hörte sie das alltägliche »gerne« und »schönen Tag« ringsum mit stiller Begeisterung, als würden ihre zufälligen Gesprächspartner sie jedes Mal ernsthaft ihrer aufrichtigen Zuneigung und optimistischen Zukunftsprognosen versichern.

Sie saßen also am Tisch und betrachteten die Passanten, M. und der über Gebühr vollkommene Mann mit den Haarklammern, und normalerweise hätte sie in dieser Situation sicher wie besinnungslos versucht, ihn zu unterhalten, irgendetwas zu sagen oder zu erzählen, um die Stille nicht überfließen zu lassen, aber heute hatte sie weder Worte noch Taten auf Lager, nicht einmal eine Verlegenheit, sie saß einfach nur da und wartete, wie es weiterging. Jetzt, wo sie ihn nach Herzenslust betrachten konnte, sah sie, dass er unnatürlich saubere

Hände hatte, wie ein Augenarzt oder Zahnarzt, und dass seine Haare, die im Nacken gebändigt waren, an den Schläfen in kurzen Strähnen abstanden. Das Schweigen zwischen ihnen war freundlich, sogar ermutigend, ein Jammer, es nicht zu brechen – und als er den ersten Schluck nahm und M. den Blick zuwandte, wusste sie schon, dass er sie gleich fragen würde, wo sie herkam.

Aber der Haarklammermann stellte keine Fragen – da sieht man, wie hellsichtig er war. Stattdessen faltete er die Hände hinter dem Kopf und sagte gemessen: Ich habe hier zwei Tickets für einen Escape Room, vielleicht möchten Sie ja mitkommen. Es war weniger eine Frage als eine Feststellung, und die neuerdings unerschütterliche M. zuckte mit den Schultern und sagte Ja.

Im Tarot gibt es eine Karte, die M. immer besonders gemocht hatte: Sie heißt »Die Kraft«, und zu sehen ist darauf ein Paar, eine Zweiheit: eine Person weiblichen Geschlechts und ein riesiger Löwe, der anscheinend mit ihr befreundet ist. Es ist nicht ganz klar, wer hier die Kraft verkörpert, die Menschenfrau oder das wilde Tier, oder sozusagen die Summe der beiden. Alles deutet jedoch darauf hin, dass ihr Verhältnis sehr vertraulich ist – immerhin hält die Jungfrau das Raubtier in den meisten Fällen an der Mähne oder spreizt ihm die Kiefer –, aber sie tut es sanft, ja innig, als hätte der Löwe Zahnschmerzen und bräuchte ihre Hilfe. Manchmal sitzt sie auch auf seinem Rücken und er wedelt mit dem Schwanz wie ein großer Hund. Nur in einem alten italienischen Deck ist die Frau nicht mit dem Löwen beschäftigt: Sie steht traurig vor einer einstürzenden Säule und versucht mit aller Kraft, deren abgebrochene Spitze an ihren Platz zurückzuschieben. Es wird nicht gelingen, das sieht man sofort, aber dafür sitzt der

Löwe ihr während dieser ganzen aussichtslosen Operation ruhig zu Füßen – ein eher kleiner, gar nicht furchteinflößender Löwe, der nur darauf wartet, dass sie ihn ansieht. Und recht hat er, sagen wir: Denn wer braucht schon irgendeine veraltete Architektur, wenn er einen Löwen hat.

Bei diesem Bild musste M. immer an den heiligen Hieronymus denken, den Schutzpatron der Übersetzer, auf dessen Abbildungen man jedes Mal als Erstes den Löwen sucht und sich freut, wenn man ihn entdeckt. Bisweilen ist er ganz klein, nicht größer als eine Fliege, er sitzt irgendwo in der hinteren Ecke des Bilds und lässt einen seine Gegenwart höflich vergessen. Die meisten Maler würdigen ihn aber gebührend: Das kluge Tier liegt dem Heiligen mal wie ein Teppich zu Füßen, mal blickt es ihm verständnisheischend ins Gesicht, mal streckt es ihm zutraulich die Pfote hin, aus der ein Dorn zu entfernen ist – was der Heilige im roten Hut selbstverständlich auch gleich erledigen wird.

Die gleiche tröstliche Symbiose fand M. auch im Tarotbild der »Kraft«, nur konnte sie hier außerdem eine Verbindung zwischen sich selbst und der Dame herstellen, und das verschaffte ihr eine gewisse Befriedigung: Hätte sie einen Löwen gehabt, wäre sie zweifellos ebenso sorgsam mit ihm umgegangen und hätte ihm nur im äußersten Notfall in den Schlund gefasst.

Wer weiß, warum M. ausgerechnet dies durch den Kopf ging, während sie sich bemühte, mit dem Haarklammermann Schritt zu halten, der auf seinen langen Beinen den geheimnisvollen Escape Rooms zustrebte. In der asketischen Klause des Hieronymus, dachte sie weiter, sah es immer sehr gemütlich aus, es gab sowohl ein paar säuberlich aufgestapelte Bücher als auch ein Manuskript, an dem der Heilige gerade arbeitete und von dem er aufblickte, um ein paar Worte mit seinem Haustier zu wechseln. Die Schriftstellerin M., die neuerdings eine rundum beschäftigungslose Person war, konnte ihn darum nur beneiden, wenngleich ihre eigene Lage, wie sie fand, auch ihren unerwarteten Reiz hatte. Vor vielen Jahren, in einer lang vergangenen Zeit und einem Land, das heute nur noch auf veralteten Karten und in Geschichtsbüchern existiert, hatte die junge M. einmal frühmorgens in einem Urlaubsort auf einer Bank vor einem Café gesessen, das zu dieser Stunde noch nicht geöffnet war, und gierig eine Frau angestarrt, die laut weinte.

Sie war groß, unfrisiert und für die Tageszeit ungewöhnlich extravagant gekleidet, und ihr ganzer Körper wurde von einem Schluchzen geschüttelt, das sie nicht zu unterdrücken versuchte, sondern zu dem sie, wenn M. sich im Nachhinein nicht täuschte, sogar im Takt mit dem Fuß stampfte. Es war klar, dass sie in dieser Nacht schlecht behandelt worden war, jemand hatte sie verschmäht und verlassen, wenn nicht noch Schlimmeres, und jetzt füllte die Verzweiflung sie ganz aus, in gleichmäßigen, kraftvollen Stößen, und machte sie vollkommen gleichgültig für alles, was außerhalb von ihr geschah. M. war wie gebannt gewesen, außerstande, sich zu entfernen oder den Blick abzuwenden, und sie erinnerte sich jetzt, in diesem Moment, sehr gut daran, was sie damals empfunden hatte: Neid und Bewunderung, Ehrfurcht vor der Kraft des Schicksals und das seltsame Verlangen, ihrem eigenen Leben eine ganz neue Richtung zu geben, sich in diese Frau zu verwandeln und im Morgengrauen zu weinen, mit aller Kraft – sich zu fühlen wie in einer Zirkusarena, kurz vor der Todesnummer, wenn das ganze Leben auf einen Punkt konzentriert und zu einem einzigen straffen Knoten geschlungen ist.

Das ist es, hatte sie damals gedacht; das wollte ich damals werden, dachte sie jetzt und meinte damit alles zugleich: die Frau, ihr wildes Schluchzen und die leere Terrasse, die sie umgab – und selbst jetzt, da sie so froh war, nichts zu fühlen, und sich keinesfalls wünschte, von unsichtbaren Händen gepackt und ausgewrungen zu werden wie ein Kleidungsstück nach der Wäsche, selbst jetzt wusste sie, an wessen Seite die Kraft stand, und warum sie, M., heute wie damals weder einen Löwen noch einen Hund besaß.

16

Das Betongebäude mit den absurd niedrigen Fenstern lag auf der Rückseite des Phantorama, an dem sie vorbeigingen, ohne es eines Blickes zu würdigen; in völligem Einverständnis bogen sie links ab, dann rechts, und sprachen auf dem ganzen Weg kaum zwei Sätze. Irgendetwas hatte M. schon gehört oder gelesen über diese Escape Rooms, die seit einiger Zeit ein beliebtes Freizeitvergnügen waren – nicht zuletzt, dachte sie, wegen des Namens, der vielleicht keine Flucht, aber doch einen Ausweg verhieß. Als sie klein war, hatte ihre Mutter ihr erzählt, dass es in ihrer Heimatstadt auf den Glastüren der U-Bahn-Stationen früher eine Aufschrift gab, die sie immer in Schrecken versetzt hatte: »Kein Ausweg«, stand da, als sollten die Passagiere jede Hoffnung fahren lassen. Als M. größer wurde und selbständig mit der Metro fuhr, war das Verbot schon anders formuliert: »Kein Durchgang« oder »Geschlossen« stand nun auf den Türen, und obwohl das dasselbe bedeutete, war die beängstigende Ausweglosigkeit aufgehoben – da sieht man, wie viel von der Wortwahl abhängt.

Aus den Escape Rooms musste man sich den Ausweg allerdings durch Taten erkämpfen, was schon damit anfing, dass man freiwillig hinging und Eintritt bezahlte; M. fand das unlogisch und ziemlich riskant – ein berühmter Zirkusartist hatte sich so einmal mit Ketten gefesselt, diese mit einem Dutzend Schlössern gesichert und war auf den Grund eines Aquariums getaucht; seine Absicht war, sich zu entfesseln und triumphierend wieder nach oben zu kommen, aber etwas ging schief und er ertrank vor den Augen des schockierten Publikums, so ging zumindest die Legende, überprüfen konnte M.

das nicht, sie hatte ja kein Telefon. Aber als sie jetzt Seite an Seite mit einem Unbekannten an der Schwelle zu einer neuen Erfahrung stand, dachte sie an diese Geschichte, und sie hätte ihm gern mitgeteilt, was sie dachte. Zum Beispiel, dass er – da er nun einmal beschlossen hatte, sich und ihr auf diese Weise die Zeit zu vertreiben – ja bestimmt irgendeinen Plan hatte und ihr im rechten Moment erklären würde, was sie tun musste. Indessen waren ihre Tickets kontrolliert worden, man hatte sie informiert, dass die Séance sechzig Minuten dauerte, in dieser Zeit müssten sie sich selbständig aus dem verschlossenen Zimmer befreien, viel Glück! – und sie in dem hellerleuchteten Vorraum warten lassen, bis sie an der Reihe waren. Der Mann mit den Haarklammern lehnte mit halbgeschlossenen Augen an der Wand, und sie wollte ihn nicht stören, obwohl sie durchaus Gesprächsbedarf hatte.

Andererseits war die Perspektive, auf unbestimmte Zeit mit dem Helläugigen in einem geschlossenen Raum zu bleiben, gar nicht so unangenehm – an dieser Stelle maß M. ihn mit jenem lastenden, taxierenden Blick, den Männer in ihrer Heimat zufällig Frauen nachschickten, und er fing den Blick auf und grinste, als hätte er gar nichts einzuwenden gegen eine solche, mit Verlaub, Objektifizierung. Die Eisentür glitt zur Seite und gab den Blick auf einen fensterlosen Gang frei, dann schloss sie sich summend hinter ihrem Rücken.

Wenn das ein Horrorfilm wäre, sagte M. beiläufig, würde ich mich jetzt in ein Monster verwandeln und Ihnen den Kopf abreißen.

Wenn das ein Horrorfilm wäre, wäre ich das Monster: Das erste Opfer ist immer eine Frau, antwortete der Mann mit den Haarklammern.

17

Vor ihnen lag also ein Zimmer, und in dem Zimmer lagen zahlreiche versteckte Hinweise, die sich nach und nach zusammenfügen und M. und ihren Begleiter gleich einer Kette von weißen Steinchen auf einem Waldweg auf den richtigen Pfad führen sollten, worauf die Tür sich öffnen würde. Die Organisatoren des Spiels waren mit Herzblut an ihre Aufgabe herangegangen, an Requisiten herrschte kein Mangel. Nur der inhaltliche Teil schien nicht ganz durchdacht, es war schwer zu erraten, was die Legende des Raums war und welche Geschichte er erzählte. Vielleicht sollte man das auch nicht erraten, und es genügte, irgendeinen Schlüssel zu finden, der dann zum nächsten Schlüssel führte und dieser zum dritten, und so käme man Schritt für Schritt aus der erstickenden Enge der Vergangenheit wieder heraus in die Welt, die gemeinhin als Gegenwart gilt.

Das Interieur erinnerte an den wildgewordenen Lagerraum eines mit tausenderlei Kram vollgestopften Pfandhauses: ein ältliches Sofa mit aufgeschlitztem Bauch, Grammophone ohne Nadeln, kaputte Fernseher, in einer Ecke weiter hinten ein gynäkologischer Stuhl, der M. aus irgendeinem Grund zum Lachen brachte, ein paar wissenschaftlich anmutende Apparate mit staubigen Rohrverbindungen sowie, inmitten des ganzen Durcheinanders, ein gut erhaltener Schreibtisch, von dem der Besitzer des Pfandhauses sich dem Anschein nach eben erst erhoben hatte; zurück blieben ein offenes Tintenfass und ein Stapel Papier, auf dessen oberstes Blatt er in großen, gut leserlichen Buchstaben bereits den Namen der Stadt F. und das heutige Datum geschrieben hatte. Das war sicher ein Hinweis, ebenso wie die große Kristallkugel von der Sorte, die man zum Wahrsagen benutzte; sie thronte auf einem niedrigen Tischchen auf einer kirschroten Plüschdecke, das Glas war etwas milchig, aber frei von der Staubschicht, die die meisten anderen Dinge hier bedeckte.

Der Helläugige ging die Sache systematisch an, zog energisch allerlei Schubladen auf und sah den Stühlen unter die Sitzfläche. Hinter einer Schranktür kam, mit einer Fahrradkette umwickelt, ein Plastikskelett für den Lehrbetrieb zum Vorschein, außerdem etliche trübe Gläser mit in Spiritus eingelegten Ringelnattern.

Auch M. drehte kurz einen Bierkrug in den Händen, dessen Aufdruck ihr nichts sagte, blätterte in einem prominent platzierten antiken Sammelbilderalbum (Marlene Dietrich in Rot, daneben Leni Riefenstahl in Blau), verlor dann schnell das Interesse und ließ sich auf dem Sofa nieder, in möglichst großem Abstand zu der rostigen Feder, die aus dem Polster ragte. Ihr Begleiter brauchte offenkundig keine Hilfe, allenfalls musste man sich mit ihm unterhalten, wie bei einer nächtlichen Autofahrt mit dem Fahrer, damit er nicht am Steuer einschlief. Gerade durchforstete er eine Reihe Bücher, schlug eines nach dem anderen auf und schüttelte sie behutsam, zeitweise sah sie nur seinen Rücken mit den schon vertrauten Schulterblättern – jetzt konnte sie sie ganz offen betrachten. Er sagte etwas, sie verstand nicht und fragte nach: Ja, sagte er, meiner Großmutter hätte es hier nicht gefallen. Oder doch, schwer zu sagen.

M. hielt das erst für eine Redewendung: nicht auszuschließen, dass Großmütter hierzulande ein gängiger Einstieg in ein launiges Gespräch waren. Doch diese Großmutter war keine sprichwörtliche, sie war echt und sogar noch am Leben.

Eigentlich wollte ich mit ihr hierher, sagte der Helläugige. Ich dachte, das könnte sie amüsieren – sie knobelt gern, ich kaufe ihr regelmäßig Rätselbücher. Und in den alten Sachen zu kramen könnte ihr auch gefallen, hier hängt ja an jedem Ding eine Erinnerung. Sie geht schon seit einem halben Jahr nicht mehr aus dem Haus, aber früher sind wir viel zusammen gereist und ins Café gegangen, hier gibt es ein nettes Café oben auf dem Berg. Ich dachte, auf das hier hätte sie vielleicht Lust.

M. erkundigte sich pflichtschuldig nach dem Alter der Großmutter, und der Mann mit den Haarklammern gab gerne Auskunft: vor kurzem sei sie einhundertzwei geworden. Die Großmutter lebte im Altersheim, und M.s Begleiter kam gelegentlich nach F., um sie zu besuchen, deshalb war er also hier. Sie hatte ein schweres Leben, fügte er hinzu und sah die Schriftstellerin vorwurfsvoll an, so kam es ihr zumindest vor.

Das kann ich mir vorstellen, sagte M., bei dem Jahrgang. Nicht das beste Jahrhundert, das sie da erwischt hat.

Sie will nicht mehr leben, erklärte der Helläugige, sie wacht jeden Morgen auf und sagt: *wieder nicht abgekratzt, immer noch bei euch*. Meistens wollen sie nach Hause, sagte M. fachmännisch; sie hatte Erfahrung auf dem Gebiet.

Aber die Großmutter des Helläugigen wollte in kein *Nachhause*, das unterschied sie von anderen alten Leuten; sie wollte möglichst schnell sterben, schaffte es aber nicht. Zweimal schon, noch bevor sie in dieses erstklassige Altersheim kam, hatte sie versucht, sich umzubringen, ohne Erfolg. Einmal, sagte der Mann mit den Haarklammern – er hatte aufgehört, über dem Schreibtisch Bücher auszuschütteln, und hockte jetzt im Gerümpel vor dem halbtoten Sofa und sah M. ins Gesicht –, einmal hat sie Tabletten genommen, eine Riesenmenge, achtzig Stück, es war reiner Zufall, dass man sie gefunden hat, im Stockwerk unter ihr gab es einen Wasserschaden, also haben sie bei ihr geklopft, und da lag sie. Sie kam ins Krankenhaus und wurde wiederbelebt. Dann hat sie es noch einmal versucht, ein halbes Jahr später, und es hat wieder nicht geklappt, ein Verwandter hat versucht sie anzurufen, und sie ging nicht ans Telefon. Er hat die Polizei alarmiert, die haben die Tür aufgebrochen, sie wurde gefunden und wiederbelebt. Ich bin der Einzige aus der ganzen Familie, mit dem sie noch redet, sie kann uns nicht verzeihen, dass wir sie nicht haben machen lassen.

Das war natürlich nicht so geschickt, sagte M. mit resoluter, lauter Stimme, zu Hause kann immer jemand anrufen oder vorbeikommen. Sie hätte ein Hotelzimmer nehmen müssen, in irgendeinem Holiday Inn oder so, wo es Hunderte Gäste gibt und niemand sich kümmert. Einchecken, ihr Zimmer beziehen, das »Bitte nicht stören«-Schild an die Tür hängen – das wäre viel, viel sicherer gewesen.

Sie stockte und verstummte.

Der Umstand, dass sie wieder die ganze Zeit Englisch sprachen, was für beide nicht ihre Muttersprache war, breitete ein diffuses Traumlicht über die Situation, das in Verbindung mit dem fensterlosen Raum, den herrenlosen Dingen und der bislang nicht zum Einsatz gekommenen Kristallkugel durchaus passend wirkte. Andererseits verständigten sich heutzutage so viele Menschen jeden Tag in fremden Sprachen – richteten sich darin ein, modelten sie um, fanden Zuflucht nicht in, sondern zwischen den Wörtern –, dass die Wirklichkeit selbst schon an einen Traum erinnerte, in dem man endlos irgendwohin unterwegs ist, im Zug sitzt, im Flugzeug, im Bus, in der Schlange zur Passkontrolle steht, und du schaust über die Köpfe der Wartenden hinweg zur Anzeigetafel, auf der dein

Flug zum wievielten Mal verschoben wurde, und kommst niemals an. Und das ist auch gut so, denn du hast längst vergessen, wohin du fährst und woher du kommst.

Ich dachte eben, sagte M., die das Thema wechseln wollte und nicht recht wusste, wie, hier ist alles so einfach gestrickt, dass ich mich nicht wundern würde, wenn man nur dieses Blatt mit dem Briefanfang über eine Kerze halten müsste, und schon erscheint ein Text. Damit haben wir uns als Kinder amüsiert, Botschaften mit Milch auf Papier schreiben.

Der Haarklammermann zuckte mit den Schultern und tat nichts, er blieb zu M.s Füßen sitzen und sah sie an, als wäre sie selbst der gesuchte Hinweis. Etwas fühlte sich anders an zwischen ihnen, und jetzt war sie es, die auf einmal in Hektik verfiel, sie stand auf und wühlte hastig in einem Karton mit Legosteinen; man hätte ein Haus oder sogar einen ganzen Bahnhof daraus bauen können. Die Instanz, die sie seit Beginn der Reise beobachtete, mal von innen, mal von außen, hatte jetzt knapp unter der Decke Position bezogen und blickte mit Bedauern und Verachtung auf M. herab: Sie war dabei, zu regredieren, sich wieder in ihr gewöhnliches, vorgestriges Ich zu verwandeln, dem keine andere Wahl blieb, als zu stolpern und die Treppe hinunterzufallen oder mit Getöse irgendeinen großen Gegenstand fallen zu lassen, um eine Peinlichkeit mit einer anderen Peinlichkeit auszutreiben, groben Klotz mit grobem Keil. Der Schriftstellerin ging auch selbst ein Licht auf, sie wurde still.

Wissen Sie was, sagte sie nach kurzem Nachdenken, wenn ich mir jetzt eine Zigarette anzünde, springt der Rauchmelder an, die Tür geht auf und wir sind hier raus.

Das wäre um einiges teurer als die Tickets, merkte der Helläugige zu Recht an.

Und genau in dieser Sekunde begann eine Lampe zu blinken, ihre Zeit war um. Die Tür im Gang summte, es erschien eine Escape-Bedienstete und bot ihnen weitere fünfzehn Minuten an, die sie ausschlugen, auch wenn das unsportlich war.

18

Sie saßen unter einer Markise und löffelten Gurkensuppe, mit dem sorglosen Ausdruck von Leuten, die ihre Pflicht erfüllt haben und nun die verdiente Freizeit genießen. Immerhin hatten sie eine neue Technik, einen Weg aus auswegloser Lage entdeckt, und man brauchte dafür weder Bücher und Schubladen zu durchwühlen noch Rätsel zu raten – man musste nur lange genug nichts tun, bis die Situation sich von selbst auflöste. Das, fand der Mann mit den Haarklammern, war die ressourcenschonendste, ergo optimale Lösung.

M. war sich da leider nicht so sicher – sie tat schon ihr Leben lang nichts, oder genauer, nur das, was ihrer Natur entsprach, und sie hatte immer geglaubt, sie käme damit durch; den Ergebnissen dieses Lebens nach zu schließen, war die Methode allerdings nicht für jede Sachlage geeignet.

Doch es gefiel ihr, zu zweit beim Essen zu sitzen im raschen Wind, mit einem Begleiter, von dem sie weder den Namen wusste noch, wo er herkam. Um nichts in der Welt hätte sie ihn danach gefragt, zumal die Antwort auf der Hand lag: der Helläugige war so einheimisch, wie man nur sein konnte, er kam genau aus dieser Gegend, und die Großmutter war dafür nur ein Indiz. M. begriff nicht ganz, was er hier tat – nicht in F., sondern an diesem Tisch, mit einem welken, verwirrten, von Schande befleckten Wesen wie ihr, denn auch wenn der Aussatz noch keine sichtbaren Spuren hinterlassen hatte, ihr Begleiter war ein aufmerksamer Mensch, er musste spüren, dass mit ihr etwas nicht stimmte. Aber er ließ sich dieses Wissen in keiner Weise anmerken; er gab sich gleichmäßig höflich und ruhig und stellte ihr auch seinerseits keine Fragen.

Zwischen der Suppe und den Pfifferlingen tauchte in M.s Kopf kurz, aber klar ein Bild von ihr und dem Haarklammermann wieder auf, tête-à-tête in einem abgeschiedenen, geschlossenen Raum, der komfortabler wirkte als der Escape Room mit seinen staubigen Exponaten; er ähnelte stark ihrem Hotelzimmer, jedenfalls sah die Decke auf dem Bett genauso aus, hellblau. Sie drehte den Kopf, um die hartnäckige Vision abzuschütteln, und brachte das Gespräch auf den Zirkus Peter Cohn, in dem ihr Gesprächspartner nie gewesen war, überhaupt schien er vom Zirkus wenig zu halten: zu anspruchslos. M.s überschwänglichen Bericht hörte er aber mit größtmöglicher Toleranz an, ohne Einwände, ohne Ironie, und sie verzichtete im Gegenzug halb aus Dankbarkeit, halb aus Eigennutz darauf, ihm von dem engen Bauch des Sarkophags zu erzählen, der auf sie wartete: Sie wollte den Helläugigen nicht vor der Zeit verschrecken.

M. selbst hegte die denkbar schlichtesten Vorlieben, auch wenn sie nicht immer die Zeit hatte, ihnen nachzugehen; sie mochte Weihnachtsmärkte, wo Touristen in der Kälte um Buden mit Glühwein und Nüssen im Zucker-Zimt-Panzer herumstanden, genauso wie abendliche Rummelplätze mit ihrem neongelben Licht, den in die Tiefe stürzenden Achterbahnwagen und im Kreis fahrenden großen Schwänen, die denen bei ihr auf dem See glichen. Auch für Eiscreme und Bootspartien hatte sie viel übrig, und für kleine Ausflugsdampfer, die unter den Brücken hindurchschlüpften, und immer winkte irgendwer von oben, als hätte Gott selbst einen bemerkt und für gut befunden. Nicht dass sie sich selbst begeistert in all diese Aktivitäten gestürzt hätte, aber sie war zufrieden, dass es sie gab und dass sie in greifbarer Nähe lagen.

Im letzten Jahr waren M. allerdings Zweifel an diesen Freuden gekommen, die von Land zu Land so verschieden und doch so gleich waren. Früher hatte es ihr gefallen, dass sie keine Fragen stellten und für jedermann zugänglich waren, ohne spezielle Vorbereitung, aber jetzt erinnerte sie sich an die winterliche Eisbahn in der Stadt, in der sie nicht mehr wohnte, an die nächtlichen Lichter der Cafés, und ihr graute bei dem Gedanken, wer von den Leuten, mit denen sie dort dieselbe frostige Luft geatmet hatte, in diesem Moment wohl gerade jemanden umbrachte in jenem anderen Land, wo die Cafés bei Luftalarm geöffnet blieben und jede Familie eine Liste der getöteten Angehörigen führte. Die Freude selbst schien neuerdings tabu, ihre einfache Substanz war trüb und schlammig und blutig geworden. Sooft M. sich auch sagte, dass es genau das war, was das Untier wollte: die Freude zerstören, in ihrem eigenen und allen umliegenden Ländern, und dass man sie deshalb erst recht kultivieren musste, war es ihr bisher doch nicht gelungen, diese Maxime in die Praxis umzusetzen. Gestern Abend allerdings hatte sich etwas verändert in ihr oder um sie herum, nur hatte M. sich an diesen neuen Zustand noch nicht gewöhnt und war nicht sicher, ob er ihr lange erhalten bleiben würde. Ihren Begleiter betrachtete sie deshalb abwartend, wie ein noch nicht ausgepacktes Geschenk – wer wusste schon, was sich unter all den Bändern und dem Papier versteckte. In diesem Moment sah er auf ihre Hand, die wie ein vergessenes Täschchen flach auf dem Tisch lag, und streckte seine eigene, große Hand danach aus, berührte sie aber nicht, sondern hielt sie in einem warmen Halbzentimeterabstand darüber in der Luft und verharrte so, bis M. zu ihm aufblickte und nicht wieder wegsah.

Ich fahre morgen Abend weg, sagte der Mann mit den Haarklammern, mein Zug geht um fünf, gegen elf sollten wir in B. sein. Wir könnten zusammen fahren, was halten Sie davon?

Sie hatten also eine gemeinsame Zukunft, und man konnte sich darin orientieren und für kurze Zeit einrichten. Wäre dies ein Buch gewesen – ihr Buch –, dann hätte die Schriftstellerin M. an diesem Punkt alles getan, um die Handlung zu verzögern, die Ereignisse entwickelten sich allzu gut, allzu glatt, und diese unnatürliche Leichtigkeit verhieß der Heldin nichts Gutes. Es war aber die ganz reale Realität, und so blies M. den Rauch ihrer Zigarette aus und sagte fröhlich: gerne.

Gleichzeitig fing etwas an, sie unruhig zu machen, etwas stimmte nicht und verlangte nach einer Frage, die zu stellen sie noch nicht bereit war. In dem mittelalterlichen Roman, der in ihrer Jugend lange zu ihren Lieblingsbüchern gehört hatte, wurden die Leser eigens darauf hingewiesen, dass man Fragen sofort stellen muss, ohne Zögern, sobald eine auf den Lippen schwirrt. In der Geschichte geriet ein wohlerzogener Jüngling, der es für eine Tugend hielt, sich niemals zu wundern und nach nichts zu fragen, in eine äußerst merkwürdige Situation, in der alles förmlich danach schrie, seine Gastgeber zu fragen, was ihnen passiert war und wie er helfen konnte. Doch er hielt sich mit ganzer Kraft zurück, um seine Höflichkeit und Ehrerbietung zu bezeigen – mit dem Erfolg, dass die Burg, auf der er die Nacht verbracht hatte, im Erdboden versank und ihre Bewohner weiter leiden mussten, und der junge Ritter trug daran die Schuld. Hätte er auch nur eine Frage gestellt, wären sie alle erlöst gewesen, und nicht nur sie, sondern gleich die ganze Menschheit – so aber lagen Jahrhunderte neuer Qualen vor ihm und allen anderen, und sie dauern bis heute an. Die simple Verhaltensregel, die aus dieser Geschichte hervorging, hatte M. schon als halbes Kind gelernt, aber jetzt stellte sie sie glatt auf den Kopf: Sie blies sich auf wie ein Fesselballon, mit großen, schmerzhaften Pumpstößen, hielt die fieberheiße Luft in sich zurück, um nur nicht zu fragen, woher er wusste, dass sie in B. wohnte und dorthin zurückfahren würde.

Trotzdem verriet sie sich, mit einer unvorsichtigen Bewegung, einem unwillkürlichen Laut – und der Mann mit den Haarklammern und den hellen Augen sagte leichthin, als hätte es keine Bedeutung: »Ich weiß übrigens, wer Sie sind, ich habe Sie im Zug erkannt, ich war mir nur erst nicht sicher, ob Sie es wirklich sind.« Dieses »Sie« häufte sich bedrohlich in seiner Rede; M. zog wie fröstelnd die Schultern hoch. Er erklärte, er sei kürzlich auf einem Festival gewesen, wo sie aufgetreten war, und sie überschlug im Kopf, was schlimmer war – er hätte sie ja auch von einem ihrer Bücher kennen können –, aber es machte keinen Unterschied, schlimm war beides. In den intimen Bildern, die ihr in den letzten ein, zwei Stunden im Kopf herumgingen, kam ganz bestimmt keine Signierstunde vor, damit vertrugen sie sich überhaupt nicht. Aber ihm ging es offensichtlich nicht um M., sondern um die von weit her angereiste Schriftstellerin – sie war es, die sein bewunderndes Interesse weckte, so sehr, dass er mit einem Satz alles übersprang, was sie trennte, um sich mit ihr an einem Tisch, in einem verriegelten Zimmer und Gott weiß wo noch wiederzufinden. Die blaue Decke blähte sich vor ihrem inneren Blick wie ein Segel und war im selben Moment verblasst. Er nannte den Titel ihres jüngsten Buchs – voilà, ein Leser –, M. riss sich zusammen und schaltete um auf Dialog der Kulturen.

In dem Haus am See, wo sie die letzten Monate gelebt hatte, wohnten Künstler und Gelehrte aus aller Welt; sie waren hier, um nach Lust und Laune zu arbeiten und sich zwischendurch auszutauschen. Diesem Zweck dienten sowohl der See und die Schwäne als auch die täglichen Mittagessen, bei denen alle zusammenkamen und besprachen, was sie jeweils beschäftigte. Die Schriftstellerin M. hatte dort mit der Zeit ein paar Freunde gefunden, und solange sie mit ihnen über eine Oper oder über das Essen redete, ging alles gut. Aber manchmal kam das Gespräch auf die sogenannte aktuelle Lage, und M. erinnerte sich noch lebhaft, wie ihr einmal jemand erklärt hatte, sie sei zu kritisch gegenüber ihrem großartigen Land, für dessen Errungenschaften sie selbst schließlich ein eindeutiger Beweis sei. In der modernen Welt werde alles nivelliert, erklärte ihr Gesprächspartner, nur in wirklich konservativen Gesellschaften gebe es noch Raum für echte Fremdheit, die doch die Kulturen erst unterscheidbar mache. Ja, Kultur ist eine blutige Sache, setzte er durchaus genüsslich hinzu. Denk nur mal an den Iran: Alle lieben das iranische Kino, aber wären die Filme so gut, wenn die Theokratie nicht Tag und Nacht den Globalismus in Schach halten würde? Natürlich geht das nicht ohne Opfer, aber vielleicht kann große Kunst auch nur im Kontext von großer Gewalt entstehen? Du musst zugeben, dass Gewalt eine zwingende Voraussetzung ist – und was das angeht, habt ihr im letzten Jahr alle anderen abgehängt.

M. hatte an diesem Tag noch lange auf der Bank am Ufer gesessen, die so versteckt im Gebüsch lag, dass man von weitem nichts als Wasser und Schilf sah, und war im Geist mögliche Antworten durchgegangen, ohne die einzig unanfechtbare zu finden. Das schlichte *man darf nicht töten*, auf das in ihrem Kopf alles hinauszulaufen schien, taugte hier nicht – ihre Kontrahenten argumentierten aus einer höheren Warte, und deren räumliche Entfernung vom gegenwärtigen Kriegsgebiet machte es ihnen leicht, die Problematik von M. und ihresgleichen gewissermaßen im luftleeren Raum zu verhandeln, als ginge es um ein laufendes, daher neutral zu betrachtendes Experiment, dessen Ergebnisse in jedem Fall von Interesse sein werden. Aus ihrer Position konnten sie sich problemlos der globalen kulturellen Vielfalt widmen, und *troubled societies* wie die, aus der die Schriftstellerin M. kam, verschafften ihnen wertvolle Informationen über die Natur des Menschen und darüber, wozu er in Extremsituationen fähig ist. Von M. wurde diesbezüglich einiges erwartet: Sie konnte Einsichten liefern, die Vorgeschichte beleuchten und zudem die sogenannte Faktenlage berücksichtigen, über die man von außen wenig erfuhr; von besonderem Interesse war hier zweifellos die Situation der Frauen, über die sie als Frau und Augenzeugin denn auch hätte schreiben sollen.

Zum Glück hatte M. aufgehört, eine Schriftstellerin zu sein, auch wenn sie davon in Gesellschaft nicht sprach, denn wer war sie, bitte schön, dann? In den vierundzwanzig Stunden in F. hatte sie sich vorsichtig, wie man einen Zeh ins Wasser taucht, darin versucht, niemand zu sein, aber noch ehe sie sich in diesem Wasser zu Hause fühlen konnte, zog die Realität schon wieder an der Leine und befahl ihr, stillzusitzen und Konversation zu machen, und die entlarvte M. gehorchte, was blieb ihr auch anderes übrig.

Der Leser, dessen Namen M. nicht kannte – er dagegen wusste alles oder zumindest sehr viel über sie, und diese Asymmetrie war belastend, auch wenn sie nach wie vor kein Bedürfnis hatte, ihn irgendetwas zu fragen –, der Leser war taktvoll und gut informiert: Er verstehe, begann er, wie schwer ihre Situation sei, dann stellte er eine vernünftige Frage zur Lage an ihrem früheren Wohnort; man konnte über so viel Interesse nur froh sein, aber M., die immer noch an die vergangenen Stunden dachte, als sie einfach nur zwei Menschen füreinander gewesen waren, ohne Provenienz und ohne einen ganzen Schweif zu berücksichtigender Begleitumstände, antwortete einsilbig und träge. Er wusste alles über sie, sie wusste nichts über ihn, und seine widerspenstige Großmutter mit dem schweren Schicksal machte die Sache kein bisschen besser. Denn M., Sie ahnen es, hatte aus irgendeinem Grund angenommen, dass sie ihm gefiel, wie sie war, einfach als zufällige Frau im Café, an einem Tisch am Rand der Terrasse, und die jüngste Wendung der Ereignisse hatte gleichsam ein Licht in ihr ausgeknipst. Sie tranken ihren Kaffee aus, verabschiedeten sich ohne weitere Peinlichkeit, vereinbarten für den nächsten Tag einen Treffpunkt am Bahnhof, vor dem Taxistand, und der Mann mit den Haarklammern bog um die Ecke und verschwand, als hätte es ihn nie gegeben.

19

M. ging zurück ins Hotel und legte sich auf der Stelle – wie jener Dienstreisende – auf die blaue Decke, ohne sich auszuziehen oder einen Blick in den Spiegel zu werfen. In einem ernst zu nehmenden Buch über eine Schriftstellerin, die vor ihrer Verantwortung wegläuft und keinem sagt, wohin, hätte die Heldin von irgendeiner Strafe ereilt werden müssen, und jetzt war auch klar, von welcher: Der große Blonde mit dem allzu akkuraten Pferdeschwanz hätte sie in den Kulissen des Escape Rooms erwürgen und selbst auf geheimnisvolle Weise aus dem verschlossenen Zimmer entweichen müssen – ein gelungener Einstieg für einen Kriminalroman. M.s Geschichte wäre in diesem Fall sehr kurz ausgefallen, dafür aber lehrreich; natürlich hätte sie nicht die Hauptrolle gespielt, sondern die des unglücklichen ersten Opfers, aber auch das wäre nur gerecht gewesen.

Der Tag strahlte und kippte langsam über seinen Rand, während M. immer noch dalag.

Hätte sie im Nacken Löwenfell und um sich herum kilometerweise Wüste gehabt, dann hätte sie dem Helläugigen ohne weiteres den schönen Kopf abreißen können, der zu dumm war, zu sehen, mit wem er es heute zu tun gehabt hatte. Nicht mit der Schriftstellerin M. nämlich, sondern mit einem völlig neuen Geschöpf, das einfach nur M. oder noch einfacher A. hieß; es war frisch geschlüpft, ahnungslos und eben deshalb bereit zu Abenteuern. Er hatte sie sozusagen verwechselt und wusste das noch nicht einmal zu überspielen, und darum war sie jetzt wütend und selbst nicht mehr sicher, wer da wütend war und wer dafür zur Rechenschaft gezogen werden sollte.

Sein Irrtum war denkbar unschuldig, aber um ihn herum und in M. selbst hatte sich so viel Schuld angesammelt, dass man keine Luft mehr bekam, ersticken konnte man daran, und höchstwahrscheinlich war das auch längst passiert: das Hotelzimmer mit den breiten Fenstern war einfach das Glas, in dem M. aufbewahrt wurde, eingelegt im Spiritus der eigenen und fremden Schuld, mit ihrem dichten Rattenfell und den hochgereckten Pfoten. Aber das spielte jetzt keine Rolle: Es lastete noch eine Verpflichtung auf ihr, die sie im Moment ihrer zufälligen Freiheit voreilig eingegangen war, und es war Zeit, ihr nachzukommen. Sie wälzte sich auf dem Bett, ächzend vor Unlust; keine Spur mehr von ihrem neuen Wesen – offenbar hatte die Trübsal es verdrängt, und ihr nicht mehr ganz junger Körper war voller Trägheit und Widerstand, er wollte nicht leben und arbeiten wie befohlen.

Der Zirkus Peter Cohn lag in der prallen Sonne, zitternd wie eine Luftspiegelung; die schwach konturierten Mädchen winkten von ihrer Bank herüber, sie wurden größer und manifester mit jedem Schritt. Wir dachten schon, du kommst nicht, sagte die mit dem Zopf.

20

Den halbdunklen Raum mit dem Sarkophag betrat sie, als käme sie nach Hause: wie ein Hotelzimmer also, wo die Anordnung der Gegenstände schon vertraut war und ein angenehmes Gefühl von Ordnung erzeugte, obwohl von Ordnung um M. herum in diesem Moment keine Rede sein konnte, und in ihrem Kopf ebenso wenig – dort kreiste ein einziger Satz, den sie gern laut gesagt hätte, in diesem lebensfrohen, siegessicheren Ton des Mannes in der Manege, der die nächste Nummer ankündigt, sie fand, das wäre sehr lustig gewesen, an dieser Stelle »wieder nicht abgekratzt, immer noch bei euch« zu sagen, und allez hopp! die Arme hoch. Aber die Kurzhaarige und die Zopffrau gaben sich heute sachlich, ja fast missmutig, als wollten sie sie auf den Ernst ihrer Mission einstimmen oder ihr gebührend Angst machen vor der bevorstehenden Prüfung. Es fiel ihr nicht leicht, ihren schwerelosen Zustand vor den beiden zu verbergen: In den letzten Stunden war sie sozusagen endgültig abgehoben, gut möglich, dass sie inzwischen hätte durch Wände gehen und unter der Zirkuskuppel schweben können, vielleicht war sie aber auch nur wieder hungrig, und der Hunger machte sie körperlos und gleichgültig. An der Wand standen zwei Paar identische feuerrote Ziegenlederstiefelchen, die gestern noch nicht da gewesen waren, alles andere war genau, wie sie es in Erinnerung hatte, der Sarkophag einladend geöffnet.

M. nahm ihren Platz in dem samtenen Bauch ein und zog bereitwillig die Knie an die Brust, das war nicht weiter schwer, es war nur langweilig und schmerzhaft, mit verdrehtem Hals dazuliegen, während die Frau mit dem Zopf die Zeit stoppte, die M. länger vorkam als beim letzten Mal. Sie wiederholten den Ablauf zweimal, und noch einmal und noch einmal; am Ende musste M. aus dem Sarkophag klettern und ein Stück zur Seite gehen, denn wie sich herausstellte, war auch die Kurzhaarige Teil der Nummer, sie würde zusammengerollt zu ihren Füßen liegen und irgendwelche Handgriffe ausführen, von denen M. nichts erfuhr. Sie probierten das Ganze noch einmal zu zweit und noch einmal von Anfang bis Schluss; in den letzten Tagen hatten die Ereignisse um M. herum die disziplinlose Gewohnheit angenommen, sich zu verdoppeln und zu überlagern, deshalb fand sie an alledem nichts Unnatürliches, zumal sie nebenbei an etwas ganz anderes dachte: Es interessierte sie nun doch, wie man aus dem Escape Room herauskam, welche Schlüssel und Hinweise sie und der Helläugige hätten finden müssen, wenn sie nicht ihre Zeit verschwendet, sondern alles richtig gemacht hätten.

Okay, alles gemerkt, genug geprobt?, tönte die Zopffrau hoch überm Rand des Sarkophags. Also, du trittst auf, gehst nach vorn, bleibst stehen, Verbeugung links, Verbeugung rechts, kurze Pause, dann kommst du her, drinnen ziehst du sofort die Beine an, und dann bleibst du einfach liegen und lächelst. Ich bringe schnell die Schienen an, Trommelwirbel, du konzentrierst dich, hältst die Beine oben, den Nacken gerade, wir machen den Trick, trrrr! Liegen bleiben, lächeln, Nacken gerade. Der Sarkophag schwenkt in die Senkrechte, du streckst sofort die Beine aus, richtest dich auf, der Deckel geht auf, du lächelst und winkst, fertig, wir rollen dich raus.

Ihr müsst euch umziehen, sagte die Kleine tonlos. Sie war schon aus der Kiste geklettert und stand immer noch da wie zuvor, in Shorts und T-Shirt, offenbar brauchte sie selber kein Kostüm.

Plötzlich genierte M. sich furchtbar wegen ihrer Hose und Jacke, die für den Zug oder die Phantomathek ohne weiteres durchgingen, in der gleißenden Welt des Peter Cohn aber deplatziert wirkten, und noch verlegener wurde sie beim Gedanken an ihren Körper, der zwar noch funktionstüchtig und willig war, aber wenig geeignet zur öffentlichen Präsentation. Sie dachte wieder an die Reiterin in der Juwelencorsage, dann an das hellblaue, spottdünne Mädchen auf dem Ball, und stöhnte peinlich berührt.

Die Kleider sind da drüben, sagte die Große und deutete mit dem Kopf auf die Kleiderhüllen in der Ecke, aus denen undeutlich Prächtiges schimmerte.

M. ging hinüber und zog am erstbesten Reißverschluss. Er öffnete sich einen Spalt, dahinter kam ein kleines Schwanenkostüm zum Vorschein, unschuldiger weißer Tüll, gesäumt mit einer Federborte. »Glaubt ihr, eure Sachen passen mir?«

Die Kurzhaarige war schon dabei, die Kleider durchzusehen; M. durfte also nicht aussuchen, sie musste nehmen, was ihr zugeteilt wurde: ein rotes, bodenlanges, einer Operndiva würdiges Kleid genau im selben Farbton wie die Stiefel in der Ecke, anscheinend gehörten sie zusammen. Wie beim Arzt, wo man die Sachen, in denen man gekommen ist, auf einem Hocker hinterm Vorhang lässt und ins Licht tritt, wie man ist, streifte M. ihre Kleider ab und tauchte kopfüber in die scharlachrote Seide. Der Stoff begrüßte sie raschelnd, kühl. Die albernen Stiefel waren eine Nummer zu groß und hatten so hohe Absätze, dass die ungeübte M. erst ins Schwanken geriet, aber sie machte ein paar Schritte vorwärts, auf einen Spiegel zu, über dem eine kraftlose Glühbirne hing.

Neben ihr erschien die Große und drückte ihr ein Ding in die Hand, das so unbeschreiblich aussah, dass M. nicht gleich begriff, was sie damit tun sollte. Es war ein Kopfputz, über und über bedeckt mit Schuppen und aufgenähten Federn, auf dem Schädel saß er eng wie ein Strumpf. Es brauchte vier Hände, um ihn anzulegen, aber als M. endlich vor dem Spiegel stand, stellte sie ehrfürchtig fest, dass ihr Wunsch in Erfüllung gegangen war. Das Wesen, das sie vor sich sah, hatte nichts mit der früheren M. gemeinsam, und auch nicht mit den M.s, die sie sich sonst noch vorgestellt haben mochte. Denn sosehr sie sich oft danach gesehnt hatte, ihr abgehalftertes Selbst an einen Nagel zu hängen und in einer ganz anderen, neuen Gestalt in die Welt hinauszuspringen wie der Kuckuck aus der Uhr, so sehr war diese neue Version von ihr bei näherer Betrachtung jedes Mal wieder ein Abbild derselben Schriftstellerin M. gewesen, nur schicker, straffer, von unnatürlicher Tatkraft und Schlagfertigkeit sowie befreit von allen Phantomschmerzen: Die hatte sie abgeworfen wie einen Eidechsenschwanz. Die langgestreckte Figur in Rot dagegen, die sie im Spiegel sah, hatte keinerlei Ähnlichkeit mit ihr, sie hatte überhaupt wenig Ähnlichkeit mit einem Menschen. Die Federn standen zu Berge, flossen herab, schaukelten, die Pailletten glitzerten, ihr Gesicht war dazwischen kaum mehr zu erkennen, und es brauchte auch kein Gesicht. Vom Kopf zum Boden reichte ein scharlachroter seidener Schlauch, unter dem rote Hufe hervorsahen. Nur die Hände gehörten ihr, sie hingen seitlich herab wie angenäht; M. stockte kurz und wusste nicht, wohin damit. Dann traten sie zu dritt in die dunkle Luft hinter dem Zirkuszelt hinaus – M. mit Trippelschritten, die wachsamen Mädchen zu ihren Seiten –, um zu rauchen, solange noch Zeit und Platz war.

Einmal, an einem Sommerabend in einer schönen, fremden Stadt, war M. zufällig direkt am Fuß jenes Turms gelandet, der

der Stolz dieser Stadt war. Der Turm war strahlend hell erleuchtet. Auf dem Rasen davor saßen wie in einem Theaterparkett Menschen – manche hatten einen Imbiss und kühle Getränke dabei – und blickten auf den Turm, als wäre er eine Ballettvorstellung; viele machten sogar Videos davon, wie brillant er dastand und strahlte. Ganz in der Nähe lag das weiche Innere eines Parks mit Wegen und Bänken, dunklen gestutzten Büschen und leise knirschendem Kies, aber niemand wollte eintauchen in seinen freundlichen, dunstigen Grund, dafür war man nicht hier. Der Turm reichte bis an den Himmel, wahrhaftig ein gewaltiges Schmuckstück war das, unmäßig und unmenschlich in seinem vielgliedrigen Glanz, und auch seine ganze Umgebung funkelte, schillerte, flammte, und nirgends gab es Rettung vor dieser Glut. Noch die äußerste Finsternis war durchsetzt mit flackernden, tickenden Lichtern. Dort hockten die schwarzen Straßenhändler vor ihrer auf Tüchern ausgebreiteten Ware, und was sie verkauften, waren Kopien desselben Turms: manche größer, manche kleiner, aber alle blinkten und funkelten wie ein Glas voll Glühwürmchen, wie ein Weihnachtsbaum, wie das nächtliche Europa unterm Bauch eines Flugzeugs, und M. wurde schwindlig. Andere Händler gingen von Baum zu Baum und boten ihre Souvenirs feil – und Türme, Türme, Türmchen hingen zu Dutzenden an ihren Gürteln, glimmend und phosphoreszierend. Alles verströmte Licht, selbst die Sandalen des Mädchens an der Ecke waren mit glitzernden Diamanten übersät. M. schloss die Augen, als hätte sie sich verbrannt.

Was soll man auch erwarten, dachte M. jetzt, in den letzten Minuten vor ihrem Auftritt – das Mädchen mit dem Zopf, in einem schwarzen Frack, der selbst für sie reichlich Platz bot, war sichtlich aufgeregt –, was soll man erwarten von einem

Menschen, der meint, er müsste partout noch einmal neu auf die Welt kommen, der sich irgendwelche Chancen ausrechnet und etwas werden will, wo man doch nur die Augen aufmachen muss, um zu erkennen, dass alles ein Irrtum war und das Einzige, worin du Ruhe finden wirst, die vollkommene, endgültige Dunkelheit ist, ein regloses, einlullendes Dunkel ohne irgendwelche Träume oder Hoffnungen oder sonstige Ablenkungen. An diesem Punkt setzte Beifall ein, der Vorhang ging auf und es wurde Licht.

Es war genau wie damals: Sie taumelte auf ihren Absätzen dahin wie im Inneren eines gigantischen Kronleuchters aus Hunderten Kerzen und Tausenden Augen, und alles um sie herum zappelte vor Ungeduld und klatschte in die Hände. Linker Hand die mattglänzende Fläche des Sarkophags, eine pflaumenblaue Schwärze. Die Große rief etwas Klangvolles, Prägnantes ins Publikum, und das Publikum schien zu antworten, es wogte ihr entgegen. *Todesnummer*, tönte es mehrmals, *uuund bittesehr!*

M. verbeugte sich, wie sie es einstudiert hatte, nach links und rechts (wie ein Schwerverbrecher vor der Hinrichtung, sagte etwas in ihr) und sah, wie der Deckel des Sarkophags zur Seite glitt und das samtene Lager freigab. Zwei Bedienstete kamen angerannt, der eine reichte der Illusionistin ein Paar weiße Henkershandschuhe mit weiter Stulpe; sie schlüpfte hinein und warf dabei unruhige Blicke auf M., die aus irgendeinem Grund zögerte. Der zweite trug einen Behälter, der aussah wie ein Cellokasten, er hantierte mit den Schlössern, der Kasten ging auf, und zum Vorschein kam eine mächtige, mit scharfen Raubtierzähnen bewehrte Motorsäge.

M. seufzte und stieg in den Sarkophag.

Es war nicht, als hätte sie nicht geahnt, dass die Nummer,

zu der sie sich freiwillig gemeldet hatte, ein Zersägen implizierte, aber die Einzelheiten dieses Vorgangs waren nicht erörtert worden, und das Bild in ihrem Kopf war durchaus undeutlich, es basierte auf einer lang zurückliegenden Meniskus-Operation unter örtlicher Betäubung, bei der sie auf ein niedriges Stück Vorhang geschaut hatte, während der unsichtbare Chirurg ihr krankes Knie behexte.

Sie legte den Nacken in die ausgesägte Öffnung und schwenkte zum Abschied die Federn. Der Sarkophag erinnerte sie an diesen Kristallsarg mit der schlafenden Prinzessin aus dem Märchen, dort war später noch ein Prinz aufgetaucht, um sie wach zu küssen. Nichts kam M. jetzt sinnloser vor als Küsse, und sie dachte mit Befremden an ihre Gespräche mit dem Helläugigen und an die wachsweiche Wärme im Bauch, die seine Nähe ausgelöst hatte; so schnell war das alles verblasst. In der Tiefe, unter ihren Sohlen, ruckelte etwas, das war die Kurzhaarige. Ein Stiefel rutschte ab, M. zappelte mit dem Fuß hinterher, bekam ihn aber nicht zu fassen.

Der Deckel glitt geschmeidig nach vorn und schloss sich schmatzend – und im selben Moment heulte die Säge auf, die stupsnasige Illusionistin schritt die Arena ab und präsentierte dem Publikum ihr furchterregendes Werkzeug, sie lenkte die Zuschauer ab, so dass M. Zeit hatte, ihren Teil der Arbeit zu erledigen. Kurz darauf trat sie wieder an den Sarkophag, ließ die erste Schiene klackend in die Kerbe gleiten, dann die zweite; sie markierte die Schnittlinie der Säge.

M. lag mit ihrem stiefellosen Fuß unterm Deckel, verrenkt und verschwitzt, und lächelte tapfer, wie befohlen. Die Trommeln begannen unisono zu murmeln. Dies war, das wusste sie schon, ein Zirkus von hoher Qualität, mit Lichteffekten und dergleichen: Es wurde jetzt vollständig dunkel, nur der Sarkophag leuchtete wie eine bläuliche Laterne. Nicht weit von ihr atmeten verschwommen erkennbare Menschen, die Zopffrau dagegen war nicht zu sehen, sie bewegte sich irgendwo seitlich, hinter dem gläsernen Rand. Die Säge spuckte, jaulte auf, es ertönte das angekündigte *trrrr*, der Sarkophag begann heftig zu rütteln. Dann war alles vorbei, der Boden schwankte, und M. sah, wie in unendlicher Ferne ein Assistent die andere, zweite Hälfte des Kristallsargs um die Arena rollte, und aus den Öffnungen ragten ihre roten Stiefel.

21

Die Leute klatschten und klatschten und klatschten, als wäre der qualvolle Tod unterm Sägeblatt und die anschließende wundersame Wiederzusammenfügung der zwei Hälften eines menschlichen Leibs der Höhepunkt des Programms, die langerwartete Botschaft von der Auferstehung. Wäre die Schriftstellerin M. noch da gewesen, hätte sie an dieser Stelle natürlich ein weiteres Märchen erwähnt, in dem der Held erst von bösen Menschen in Stücke gehauen und dann wieder zum Leben erweckt wird – ein weitverbreitetes Motiv, hätte sie gesagt, aber interessant ist hier die technische Seite: Als Erstes muss man den armen Körper wieder zusammensetzen, alle abgehackten und in der Steppe verstreuten Teile an die richtige Stelle legen, damit er wieder ein Fleisch werden kann. Jetzt werden zwei Fläschchen Wasser gebracht, im einen ist Wasser des Todes, im anderen Wasser des Lebens. Man besprengt den Leichnam mit dem Wasser des Todes – und siehe da, alles kehrt an seinen Platz zurück, der Körper wächst wieder zusammen, er gewinnt sozusagen seine verlorene Integrität zurück. Erst danach kann das Wasser des Lebens wirken – die blinden Augen öffnen sich, in die abgehackten Glieder kehrt die gewohnte Wärme zurück, der Mann steht auf und ist *wie neu*, das Leben lebt, das Märchen ist zu Ende. Aber M. war nicht mehr bei uns, um zu erklären, wie dieser Mechanismus funktioniert, und so hörte man nur den endlosen, endlosen Applaus und irgendein Kind in der ersten Reihe, das rief: »Nochmal! Nochmal von vorn, bitte!«

M. indessen streckte sich derweil und bewegte die eingeschlafenen Glieder, und dasselbe tat die kleine Artistin, die endlich aus dem Sarkophag geklettert war und jetzt eifrig mit ihren tätowierten Beinen in den roten Stiefeln aufstampfte. Gut waren wir, lobte sie M., nicht schlechter als mit Loewy.

Um sie war es leer und still, sie saßen auf der Bank und tranken Schnaps aus der Trinkflasche der Kurzhaarigen – M. barfuß im langen Gewand, ihre Partnerin in Stiefeln und Shorts. Vom Chapiteau zog Hitze und ein angenehmer Raubtiergeruch herüber, aber die Erde unter ihren Füßen kühlte schon ab und begab sich langsam zur Ruhe. Schwach leuchteten die Fenster des Hauses auf dem fernen Hügel, und man sah die Rücklichter der Autos auf dem Autobahnzubringer. M. wäre fast so eingeschlafen, an die warme Seite ihrer Nachbarin gelehnt, staunend, dass immer noch Samstag war, ein wahrhaft unendlicher Samstag, doch da kam die Schöne mit dem Zopf und sagte, M. werde erwartet, von Cohn.

Peter Cohn, der Chef des Zirkus Peter Cohn, war nicht in seine Vorstellung gegangen, er saß unter einer hellen Lampe, im Gesicht eine Sonnenbrille. M. grüßte und nahm ohne Einladung Platz, ihre Beine wollten sie nicht mehr tragen.

Cohn war klein, er erinnerte sie an das Rauchmännchen aus ihrer Kindheit – eine daumengroße grüne Figur, der man einen Strohhalm in den Mund steckte, und wenn man ihn anzündete, stieß sie Rauchwolken aus. An seinem Regiesessel lehnte seitlich ein solider Gehstock, dessen geschnitzter Knauf einen Tigerkopf darstellte. Englisch wollte oder konnte Cohn nicht sprechen, also verständigten M. und er sich in der Landessprache, die sie nur notdürftig beherrschte; sie schämte sich für ihr Gestammel. Aber ihn scherten ihre Fehler so wenig wie ihre Beschämung; vermutlich kamen die Menschen, die sich mit einer Motorsäge in zwei Teile zerlegen ließen oder seiltanzen oder unter der Kuppel schweben konnten, häufig nicht von hier und radebrechten, wie es eben ging, ohne Rücksicht auf Fälle und Endungen.

Sie sagt, du warst gut, sagte Cohn und zog eine Grimasse. Hast du das vorher schon mal gemacht? M. verneinte. Aus der Ferne brüllte einer der Löwen, kurz darauf brandete Applaus auf.

Wie heißt du, Liebes?

Er war der Erste auf ihrem Weg, der nicht fragte, wo sie herkam – als wäre das ohne Bedeutung –, sondern wie sie hieß – als wäre vielmehr das wichtig. M. sah von ihrem niedrigen Stühlchen zu ihm auf und antwortete ehrlich und ohne nachzudenken, sie heiße A.

Die Sache ist, sagte Cohn, heute ist unser letzter Abend hier, morgen fahren wir weiter. Deine Mädels brauchen eine Assistentin, und die ist nicht aufzutreiben. Wenn sie niemanden finden, müssen wir uns von ihnen trennen, als bloßen Ballast nehme ich sie nicht mit. Aber mir scheint, du kannst einen Job für die nächsten Monate gut gebrauchen, habe ich recht?

M., die auf diese Wendung nicht vorbereitet war, sagte nichts.

Ich habe keine Ahnung, was bei dir los ist, ich will es auch nicht wissen, das geht mich nichts an. Bezahlt wird bei mir nicht viel, und mehr bist du fürs Erste auch nicht wert, aber du hättest ein Dach überm Kopf – er zeigte mit dem Finger auf das Zeltdach –, und das Essen geht auf mich, wie es sich gehört. Wir fahren durch Europa, du brauchst nicht groß mit dem Pass zu wedeln. Eine Woche oder zwei bleiben wir noch in N., dann geht es weiter und dann noch weiter. Die Arbeit ist simpel. Also, Liebes, willst du mit?

Das ist alles ziemlich unerwartet, sagte M. mit steifer Zunge. Ich muss nachdenken.

Bedenkzeit bis morgen, sagte Peter Cohn. Um acht brechen wir auf. Komm um sieben, dann finden wir dir einen Platz in einem der Wohnwagen.

Und dann fügte er, ohne ihr den Kopf zuzuwenden, plötzlich mit Nachdruck hinzu: Eine Rumänin bist du aber nicht.

M., die im Leben nicht behauptet hatte, sie sei Rumänin, starrte ihn mit offenem Mund an: Plötzlich überkam sie eine abgrundtiefe Eindeutigkeit. Die Frage, wer sie war und wo sie herkam, stand – wenn auch nicht in der Form, die ihr so zuwider war – im Raum, und sie musste endlich Rechenschaft darüber ablegen, wo sie geboren war, was sie hierher verschlagen hatte und wie sie das fand, auch wenn nach diesem letzten Punkt niemand gefragt hatte. Sie wusste jetzt eine Antwort, und so rutschte sie auf ihrem Stuhl nach vorn und wollte etwas sagen, aber Cohn hörte nicht zu. Er saß zwei Meter vor ihr und schien gleichsam Witterung aufzunehmen, er hatte sogar den Kopf gesenkt wie ein Hund, der einer Sache auf der Spur ist. Auf ihrem eigenen Kopf saß, wie sie jetzt merkte, noch immer der schuppige Strumpf mit den albernen Federn, sie sah es an ihrem Schatten an der Wand und nahm ihn schnell ab; nicht auszudenken, was sie die ganze Zeit für ein Bild abgegeben hatte, und was ihr Gegenüber wohl von ihr dachte.

Du bist keine Rumänin, sagte Cohn noch einmal; in seinen schwarzen Brillengläsern schaukelten zwei große Glühbirnen. Du bist eine von uns, Liebes, eine Jüdin, ja? Und M., die sich seit Monaten immer nur als Russin bezeichnet hatte, als russische Schriftstellerin, als russischsprachige Person, wiederholte beinahe verwundert: ja.

Als sie aufstand, machte Peter Cohn keine Anstalten, sich aus dem Sessel zu erheben, das war nicht seine Art; stattdessen deutete er mit der Spitze seines geschnitzten Stocks auf die

Tür – oder vielmehr nicht auf die Tür, sondern in deren ungefähre Richtung, an ihr vorbei, und da wurde M. klar, dass ihr neuer Arbeitgeber blind war.

22

Wer sich das frühe Aufstehen nicht zur Gewohnheit gemacht hat oder aufgrund seiner Arbeit oder anderer Notwendigkeiten dazu gezwungen ist, der bekommt die ersten Morgenstunden nur selten zu Gesicht und empfindet sie jedes Mal als ein unverdientes Geschenk oder als Belohnung für diese überraschende Leistung. Die leeren Straßen, die noch schlaftrunkene, purpurne Sonne hinter den Bäumen werden dann plötzlich zu einem Schauspiel, und er selbst zum zufälligen Zuschauer, der nur dank Anfängerglück in diesen Genuss kommt.

In dem Haus am See war M. der Morgendämmerung öfter von ihrer anderen Seite begegnet, wenn die Nacht trüb und das Wasser hell wurde und der erste Bus an ihrem Balkon vorbei stadteinwärts polterte. Auch damals war sie eine Art heimliche Zuschauerin gewesen, nur von anderer, schuldbewusster Art – als hielte sie sich an einem Ort auf, wo sie nicht sein, und sähe Dinge, die sie nicht sehen sollte. Tatsächlich hatten ihre Nachtwachen keinen Sinn, sie tat dabei im Grunde nichts. Hätte sie auch nur im mindesten das Gefühl gehabt, gebraucht zu werden, wie damals, als sie noch eine Schriftstellerin war, dann wäre das anders gewesen, dachte sie, so aber bestand kein großer Unterschied zwischen Schlaf und Nichtschlaf, beide hatten von vornherein einen ärgerlichen Beigeschmack von unwiederbringlich verlorener Zeit.

Einst, an einem anderen Punkt auf der Landkarte und in ihrem Leben, war sie gern frühmorgens zum Flughafen oder Bahnhof gefahren, mit dieser zielstrebigen inneren Spannung, die entsteht, wenn man seit kurzem eine Aufgabe hat und zudem die Mittel, sie umzusetzen. Damals waren die Boulevards im Winter verschneit gewesen, in den wenigen geöffneten Cafés brannten rosa Lichter. Im Frühling war alles frisch gewaschen und geputzt, so dass es schien, als müsste die menschenleere Stadt selbst jeden Moment ein *Ereignis* hervorbringen, wie in M.s Kindheit, als zweimal im Jahr die Festaufmärsche der Werktätigen durch die Straßen zogen, und mit ihnen geschäftstüchtige Händler, die exotische, nur für diesen Tag bestimmte Dinge verkauften: Lutscher in Hahnengestalt, kunstvoll ineinandergesteckte Heliumballons, Wimpel mit der Aufschrift »Frieden – Arbeit – Mai«. Die Demonstranten zogen über den geräumten Prospekt Mira, begleitet von schwungvoller Musik, die die Brust weitete, als sänge man im Chor, und in den Händen hielten sie gigantische künstliche Mohnblumen und kahle Zweige, auf die Knospen aus frühlingshaft zartem Papier geklebt waren.

Es galt als akzeptabel und sogar als guter Ton, neben der Prozession herzulaufen und »Onkel, schenk mir eine Blume!« zu rufen, und die kleine M. kam nicht selten mit einem ganzen Arm voll phantastischer, unverwelklicher Flora nach Hause. Wie liebte sie das alles, so sehr, dass sie am Vorabend gar nicht einschlafen konnte und noch vor Tagesanbruch aus dem Bett sprang und nach draußen lief, wo es noch nichts Interessantes gab, weder Verkaufsstände noch Musik noch feierlich marschierende Menschen, nur die ersten Eisverkäufer bauten an der Ecke ihre Wagen auf. Was M. nicht verstand, war das merkwürdige Desinteresse, ja die Kühle, die ihre Eltern gegenüber diesen halbjährlichen Fahnenumzügen an den Tag legten; anscheinend war es ihnen gar kein Bedürfnis, ihre Tochter zum Fest zu begleiten und ihr zu schenken, was ihr Herz begehrte, und wenn sie es doch taten, dann mit einem Widerwillen, der selbst M. nicht verborgen blieb.

Es hatte auch eine Zeit gegeben, in der sie es irgendwie heroisch fand, möglichst früh aufzustehen, lange bevor es Zeit war, zur Schule zu gehen durchs bläuliche Winterdunkel, die warmen Stiefel durch den Schnee zu schieben und zu sehen, wie er unter den spärlichen Laternen funkelte. An den Aushangtafeln hingen schon die frischen Zeitungen, die Fenster des Postamts waren hell erleuchtet und dicht bedeckt mit Eisblumen, so verschlungen und undurchdringlich wie ein Tropenwald. Die Unruhe, die in jenem Jahr von M. Besitz ergriff, war grund- und ziellos; tagein, tagaus erschien sie eine bis anderthalb Stunden vor Unterrichtsbeginn in der verlassenen Schule, ihr gefielen die leeren Flure, die Schautafeln und Porträts an den Wänden und die Garderobe, in der die einzige Jacke ihre eigene war. Das Gebäude war schon hundert Jahre alt, von dem früher hier untergebrachten Mädchengymnasium zeugten eine riesige Standuhr mit Schlagwerk und die eisernen Zapfen, die die Umkehrpunkte des Treppengeländers markierten. Die neunjährige M. inspizierte das alles, setzte sich dann in ihr Klassenzimmer und wartete freudig, bis der Tag begann; ihr Warten endete eines Abends mit einem Anruf der Klassenleiterin, die von ihrer Mutter eine Erklärung verlangte, was eigentlich nicht stimmte in ihrer Familie und warum ihr Kind morgens so früh wie möglich von zu Hause wegwollte.

Von da an kam M. nicht mehr in aller Herrgottsfrühe zur Schule, sie trainierte sich sogar eine Neigung und Fähigkeit zu Verspätungen an, aber sie hatte ein kleines Geheimnis, eine Art Vertrag oder Kompromiss mit sich selbst, der für beide Seiten Vorteile bot. Sie stellte ihren Wecker auf vier, fünf Uhr – die letzte Stunde, zu der die Nacht noch uferlos scheint –, und sie stand unverzüglich und ohne richtig wach zu werden auf.

Selbst das Radio, das sein Morgenprogramm mit den Klängen der Nationalhymne um sechs begann, schwieg um diese Zeit wie noch nicht erfunden. Ihre Eltern schliefen, im Vertrauen auf ihr größer und selbständiger werdendes Mädchen. M. hielt ihr kopfkissenweiches Gesicht unter den Wasserhahn, tauchte die Zahnbürste ins Zahnpulver, briet sich ein Ei, zog die Wollstrumpfhose an, darüber die braune Schuluniform und die schwarze Schürze mit den Flügelchen. Und nachdem sie gewissenhaft ihre Pflicht erfüllt und der harschen Welt gegeben hatte, was diese von ihr verlangte, schlüpfte sie so, wie sie war, in sämtlichen Kleidern plus Pionierhalstuch zurück ins Bett, in den heimeligen, warmgelegenen Raum unter der Steppdecke, und schlief dort tief und fest weiter, bis endgültig kein Weg mehr vorbeiführte am Sturz in die äußere Finsternis.

Jetzt, an diesem Sonntagmorgen, veranstaltete sie keinerlei solchen Hokuspokus. Am Abend zuvor hatte sie nicht einmal Licht gemacht beim Betreten des Hotelzimmers, hatte im Dunkeln geduscht und sich ins Bett getastet, und als die frühe Sommersonne aufging, war sie schon fleißig am Werk.

Den verplauderten blauen Koffer würde sie nicht mitnehmen; von hier aus reiste sie mit leichtem Gepäck weiter. Ihre wenigen Sachen lagen auf der Bettdecke, bereit, sortiert zu werden.

Folgendes entschied sie zurückzulassen; mochte das Leben und das Hotelpersonal entscheiden, was damit zu tun war:

Ihr Telefon, das noch immer vergeblich wartete, dass jemand es an ein Stromnetz anschloss und endlich die aufgelaufenen Neuigkeiten und Nachrichten abrief. Es kam ihr ungewohnt groß vor; man konnte sich in seinem Display betrachten wie in einem schwarzen Spiegel. Das Ladegerät, das die Kurzhaarige ihr geliehen hatte, legte sie beiseite, um es nicht zu vergessen.

Ihr eigenes Buch, einmal in ihrer Muttersprache und einmal in Übersetzung, mit Bleistiftmarkierungen und zwei eingelegte Pappstreifen.

Einen roten Spitzen-BH, den sie in einem edlen Laden gekauft hatte, um sich aufzuheitern und sich jung und schamlos zu fühlen.

Eine fast volle Packung Zigaretten mit dem Bild einer untröstlichen Familie; aus irgendeinem Grund schien ihr, sie würde sie nicht mehr brauchen, und selbst wenn das übertrieben war (die Große und die Kurzhaarige rauchten beide wie die Schlote, anscheinend brachte der Beruf das mit sich), war es für heute besser so.

Einen Roman – nicht von ihr –, den sie zur Zerstreuung auf die Fahrt mitgenommen und nicht ein einziges Mal aufgeschlagen hatte; ihre Zerstreuungen waren anderer Art.

Den Schlüssel ihrer Wohnung im Haus am See, mit Metallring und dunkelblauem Plastikanhänger.

Die Schlüssel ihrer Wohnung in der Stadt, die sie vor einem Jahr verlassen hatte; es waren viele, ein ganzer Schlüsselbund in ihrer Hand, und sie klirrten verwundert, als sie sie fallen ließ.

Einen Reisepass mit Namen, Geburtsort und biometrischem Foto einer Frau mittleren Alters, deren Gesicht eine dumpfe, unbestimmte Entschlossenheit ausdrückte.

Eine geräumige weiße Tasche, deren Leder einem friedlichen pflanzenfressenden Tier vom Leib gezogen worden war und die immer noch nach ihm roch, nach seinem Schlaf, seinem Wasser und Schweiß.

Ein Notizbuch mit seidenem Lesebändchen; die Kalenderseiten waren dicht mit schnellem, uneinheitlichem Gekritzel bedeckt, die gegenüberliegenden, zur freien Verfügung, waren leer.

Eine zum Andenken eingesteckte kleine weiße Feder, ehemals flauschig, jetzt zwischen den Seiten plattgedrückt.

Ein Paar Schuhe für festliche Anlässe, noch durchaus brauchbar, nur rechnete sie nicht mit Festlichkeiten.

Das Blatt Papier, auf dem der helläugige Mann mit den Haarklammern ihr die Nummer und Abfahrtszeit seines Zugs aufgeschrieben hatte.

Ihren Namen.

In einen Jutebeutel mit dem Logo eines bekannten Supermarkts stopfte sie hinein, was ging: eine Hose zum Wechseln, ihre restlichen drei Garnituren Unterwäsche, ein noch nicht getragenes Hemd, ihre gestreifte Kosmetiktasche, das war's. Sie überlegte kurz und packte noch zwei der türkisblauen Bonbons ein, um auch etwas Nicht-Funktionales bei sich zu tragen.

Es war noch früh, aber durch die Räume unten zogen schon vielversprechender Kaffeeduft und Besteckklappern. Hunger hatte sie allerdings keinen, dieses Bedürfnis schien im Zimmer zurückgeblieben zu sein, zusammen mit den Büchern und dem für immer erkalteten Telefon. Die Tür schloss sich geräuschlos, durchsichtig, und dann stand unsere Heldin auf einer leeren sonntäglichen Straße, und der leichte Beutel mit ihren Habseligkeiten schmiegte sich vertrauensvoll und ohne Vorwurf an ihre Hüfte.

Die Gerüche schichteten sich übereinander, vom Meer wehte ein tränensalziger Wind, frischgebackene Brötchen warteten auf ihre Esser, eine Frau mit Halstuch putzte eine Schaufensterscheibe, die Trottoirs waren sauber, frei von Papierschnipseln und Taubenkot; sie ging in zügigem, sportlichem Tempo erst durch die Straßen im Zentrum, dann durch eine Art Park mit Kieswegen, Teich und einem Springbrunnen, dessen Fontäne schwankte, nickte und sich verneigte, obwohl weit und breit niemand zusah, und auch wir wollten uns nicht unnütz aufhalten.

Dabei war noch so viel Zeit, so viel Zeit hatte sie auf einmal, dass sie gut und gern einen Umweg über die noch nicht besichtigte Uferpromenade hätte nehmen können, und das wäre sogar angebracht gewesen, so wie es in einem Kinderspiel darauf ankommt, die Wand nicht nur zu erreichen, sondern sie mit der Hand abzuklatschen. Nur wozu?

Es gibt im Tarot noch eine zweite bekannte Karte, deren Bedeutung sich von Mal zu Mal ändert, wenn man sie betrachtet: Der *Dummkopf,* heißt sie ganz schlicht, oder *Narr*, mit einem älteren Wort, und sie steht, sagt man, für neue Anfänge und neue Hoffnungen, aber ganz so einfach ist die Sache leider nicht. Der Dummkopf mit der spitzen Glöckchenkappe ist unterwegs, er hat sich vor kurzem erst aufgemacht und schreitet kräftig aus, Mund und Augen weit aufgesperrt, voller Neugier – und merkt vor Begeisterung gar nicht, dass unter seinen Füßen nichts als Gräben und Schluchten sind, ein falscher Schritt, und er stürzt in die Tiefe. Vorerst hilft ihm seine Selbstvergessenheit, über die Gefahren hinwegzusehen, und er hat einen Wanderstock, wie Peter Cohn einen Gehstock. Er hat sogar zwei, mehr, als er braucht; den einen hält er in der Rechten, den anderen schräg über der Schulter, an ihm baumelt ein Stoffbündel mit seinen Habseligkeiten. So geht der Dummkopf seines Wegs – wohin, wissen wir nicht, aber immerhin ist er, anders als wir, nicht allein auf der Welt, er hat einen Begleiter, der ihm nicht von der Seite weicht.

Wenn wir die Karten aufmerksam durchsehen, werden wir feststellen, dass es darunter nur zwei gibt, auf denen Mensch und Tier so eng zusammenleben, dass sie in eine Art Kommunikation treten. Auf diesen Karten hocken keine wilden Tiere auf dem nackten Erdboden und heulen den Mond an, sie sind weder als allegorische Bedeutungsträger in den Ecken des Bilds versteckt noch als gesichtslose, rein funktionale Pferdestärken vor einen Wagen gespannt, sondern stehen mitten im Zentrum, man kommt nicht um sie herum. Eine dieser Karten ist die schon erwähnte, auf der eine Frau einen Löwen umarmt oder ihn zurückhält von unüberlegten Schritten, die zweite ist unser Dummkopf: Denn wohin er sich auch wendet mit seinem Bündel, immer folgt ihm ein kleines Tier, das ihm kaum bis ans Knie reicht, wahrscheinlich ist es ein Hund. Er hat sich auf die Hinterbeine gestellt und schnappt mit den Pfoten nach der Hose des Dummkopfs, und man weiß nicht recht, was er vorhat, ihn beißen oder liebkosen. In jedem Fall scheint er unverzichtbar, und wohin wir uns auch wenden, der Hund ist immer bei uns, er und wir sind ein Fleisch, ein unzertrennliches Paar, und wer den Dummkopf betrachtet, weiß oft nicht, in wem er sich selbst erkennen soll: in dem, der da ins Unbekannte schreitet, ohne Sorgen und ohne Bedürfnisse, oder in dem, der ihm hinterherläuft und sich mit letzter Kraft an ihn klammert. Es ist keine angenehme Karte: um wie viel lieber brächte man sich mit der nachfolgenden in Verbindung, wo statt eines debilen Clochards mit Glöckchenkappe ein echter Zauberkünstler oder Magier zu sehen ist, der seine Utensilien auf einem Klapptisch ausgebreitet hat und bereit ist, ans Werk zu gehen – aber leider gelingt das nicht immer auf Anhieb, manchmal gelingt es auch nie.

Mit zunehmender Entfernung vom Stadtzentrum nahm die Leere gleichsam eine andere Fellfarbe an, bekam etwas Beunruhigendes, als hätten die Bewohner die Stadt verlassen, sie zur Plünderung freigegeben: die Mietshäuser mit den Liegestühlen auf den Balkons, die Müllcontainer in den Höfen, die Altersheime, die es hier im Überfluss gab, und deren hochbetagte Insassen, die nicht mehr transportfähig waren. Aus einem der Fenster leuchtete wie ein Vorhang eine alte Frau mit weißem Flaum um die Schläfen hervor, sie stand aufrecht da und starrte blind vor sich hin. Von hier aus war es nicht mehr weit bis zur Biegung der Straße und dem abgezäunten Platz mit den Transparenten und der hohen Kuppel des Zirkuszelts. A., wie sie jetzt hieß, hängte den Stoffbeutel mit ihren Sachen auf die andere Schulter und beschleunigte ihren Schritt. Die Vögel zwitscherten etwas Unverständliches, und kein Mensch kam ihr entgegen oder ging ihr nach.

Sie bog auf den bekannten Weg ein und blickte von der Anhöhe herab – aber da war nichts, einfach nichts. Das heißt, die Straße war natürlich noch da, ebenso wie der Gehsteig, auf dem sie stand, das langgestreckte weiße Gebäude in der Ferne, der grüne Hang und dahinter die zertrampelte Brache, das ausgelaugte, verödete Stück Erde, das man der Zirkuskarawane zugewiesen hatte. Aber es standen weder Wagen noch Zelte darauf, nicht einmal die Absperrplane war mehr da, nur dieser kahle Fleck, der vor Leere gelähmt schien. A. kniff, noch ohne zu verstehen, die Augen zusammen und rannte auf dem Trampelpfad durch das rötliche Gras, über die asphaltierte Fläche vor dem Eingang, wo die Kasse gewesen war, und kam vor einem Laternenmast zum Stehen, neben der verlassenen, umgeworfenen Bank. Der Zirkus war fort.

Was passiert war und warum Peter Cohn sein Versprechen gebrochen hatte, entzog sich ihrer Vorstellung. Sie hätte gern auf die Uhr geschaut, um sich zu vergewissern, dass sie sich nicht verspätet hatte, sondern wie vereinbart um sieben gekommen war, lange vor der festgesetzten Abfahrt, aber sie hatte keine Uhr, sie war gewohnt, die Uhrzeit vom Display abzulesen, und ein Telefon besaß sie ja nicht mehr. Und was macht es auch für einen Unterschied, liebe A., sag doch selbst: Ob du durch irgendeinen dummen, nicht wiedergutzumachenden Zufall zu spät gekommen bist oder ob der Zirkusdirektor beschlossen hat, ohne dich weiterzuziehen, oder ob noch etwas Drittes geschehen ist, was die Löwen, Akrobaten und Zauberkünstlerinnen dazu gebracht hat, plötzlich die Zelte abzubrechen und sich in Luft aufzulösen, ohne eine Spur – für unsere Geschichte hat das keine Bedeutung, und an welcher Stelle sich der Fehler in die Handlung eingeschlichen hat, lässt sich schlechterdings nicht mehr feststellen.

A. stemmte die Füße gegen den hartgetrampelten Boden, fasste den Rand der Bank und zog sie zu sich heran – jetzt hatte sie zumindest eine Sitzgelegenheit. Die Luft war noch schattig und kühl, aber allmählich setzte der Morgen sich durch; auf dem Platz lag nicht einmal mehr Abfall, alles, was hier gewesen war, war verschwunden, ohne Abschied und Andenken. Ein paar Meter weiter stand immerhin noch die Dose mit den Kippen, und A. griff mit einer Grimasse hinein, wühlte darin herum und zog eine möglichst lange heraus. Ein Feuerzeug fand sie in ihrer Tasche – also hatte sie sich doch noch nicht von allem im Leben verabschiedet, und in diesem Moment war das gar nicht so schlecht. A., die erste im Alphabet, hielt den garstigen Zigarettenstummel zwischen den Lippen, sog den Rauch ein und ließ ihn wieder ausströmen. Von irgendwo trottete ein herrenloser gelber Hund mit gelben Augen heran, setzte sich in einigem Abstand, aber doch in der Nähe in den Staub, zögerte kurz und legte sich auf die Seite; sein Blick mied den Menschen taktvoll.

Vielleicht wartete die Karawane ja doch um die Ecke.

dank

Die Autorin dankt den Institutionen und Personen, die es möglich gemacht haben, dass es dieses Buch gibt: An erster Stelle dem Wissenschaftskolleg zu Berlin, unter dessen gastfreundlichem Dach der Text geschrieben wurde, Barbara Stollberg-Rilinger, Andrea Bergmann, Francisco Martínez Casas und dem gesamten Team des WIKO. Seine endgültige Form erhielt *Der Absprung* im Pariser Institute for Ideas and Imagination, mit der freundschaftlichen Unterstützung von Mark Mazower und Marie D'Origny, denen ich für diese Monate unendlich dankbar bin. Erwähnen will ich außerdem Marie Andersen, die den Anstoß für die Reise der Schriftstellerin M. gab, Olga Radetzkaja und unser Gespräch im Restaurant »Obermaier«, Katharina Raabe und unseren Spaziergang im Grunewald sowie natürlich meine ersten Leserinnen Elena Nusinova und Irina Paperno.

16. April 2024